混 沌

李明春 著

海洋出版社
2015年·北京

图书在版编目（CIP）数据

混沌／李明春著. —北京：海洋出版社，2015.1
ISBN 978-7-5027-8980-0

Ⅰ.①混… Ⅱ.①李… Ⅲ.①长篇小说-中国-当代 Ⅳ.①I247.5

中国版本图书馆CIP数据核字（2014）第250136号

责任编辑：唱学静
责任印制：赵麟苏

海洋出版社 出版发行

http://www.oceanpress.com.cn
北京市海淀区大慧寺路8号　邮编：100081
北京华正印刷有限公司印刷
2015年1月第1版　　2015年1月第1次印刷
开本：880mm×1230mm　1/32　印张：4.875
字数：107千字　　定价：26元
发行部：62132549　邮购部：68038093　总编室：62114335
海洋版图书印、装错误可随时退换

故事梗概

20世纪50年代末,一个鲁南山区的农家小伙子礼仁孝,在由义城去往雾城的长途客车上与义城县长之女童贞相识。他们萍水相逢一同去海滨城市雾城鲁海学院上大学。大学的四年生活,他们相知、相爱了。然而,大学毕业后,"媒灼之言、父母之命",传统观念根深蒂固的礼仁孝操守传统,顺从了父母包办婚姻之命,回老家与村上曹家大嫚成婚了。

传统观念同时改变了两个人的命运,礼仁孝被分配到了黄海深处的千里岛海洋观测站,童贞选择了远离,去了母亲的故乡福建,泉州湾畔惠安女的故乡。从此一个在天涯,一个在海角共同从事着同一份事业,天各一方杳无音信50年。童贞同样恪守传统选择了终生不嫁。当两人终于相见时,童贞已到了生命的最后一刻。这时她祈望能以礼仁孝妻子的名义离开这个世界,这是一个女人一生的祈求,当礼仁孝终于为满足一个爱了她一生的童贞而冲破传统桎梏选择与糟糠之妻分手,童贞却永远地离开了这个世界。

一代人的爱情终于结束了,礼仁孝终生遗憾,童贞遗憾终生。然而,他们的人生却在告诉人们:世道可变,天道不变,人伦之道永远是人间正道,这是一种传统的美德。

目 次

引　子 …………………… 1
人　生 …………………… 3
残　年 …………………… 7
邂　逅 …………………… 12
迁　徙 …………………… 17
祖　训 …………………… 23
图　腾 …………………… 29
同　窗 …………………… 34
家　园 …………………… 41
天　缘 …………………… 47
祭　祠 …………………… 53
媒　妁 …………………… 58
殊　途 …………………… 65
讨　海 …………………… 71
天　问 …………………… 76
地　问 …………………… 83
人　问 …………………… 89
太　极 …………………… 95
潮　汐 …………………… 101

完　婚 …………………… 107
基　因 …………………… 113
天　涯 …………………… 120
洗　礼 …………………… 125
归　宿 …………………… 131
今　天 …………………… 137
尾　声 …………………… 144
后　记 …………………… 146

老子曰:"人法地,地法天,天法道,道法自然。"

今日之言,就是说人当效法大地,安静柔和、无私无怨地承载万物而不居功;大地效法上天,包容万物,普施而不求回报;上天效法道的精神,清静无为,万物自成;道性自然而然。

众生自性流露,诚敬胜百邪。

——作者题记

引 子

老公岛，黄海中部一座城市近郊的一个小海岛。

初春的一天，一个年逾古稀的老人来到岛上垂钓，因为他知道这里是春潮时钓鱼的理想去处。他是一个老海洋人，与大海打了一辈子的交道，可以说没有多少人能比他更了解大海的脾气与秉性。

这天，当他来到岛上时，天公并不作美，海面上飘起了团雾。这浓浓的团雾一阵阵飘来，瞬间弥漫海面，先是掩没了海上的航船，掩没了海岛，掩没了岛上的人，最后掩没了时空中的一切。

风起了，团雾随后逐渐飘去，一时间天地豁然开朗，而后又清晰可见那航船、那岛、那人、那时空中所有的一切。

团雾飘然而来，又飘然而去。飘来，天、地、海一时间坠入一片混沌之中；飘去，天、地、海开裂又现出世间常态。就在这天象、海象混沌时，那个前来垂钓的老人一时犹豫了，这鱼钓还是不钓？他本是想来老公岛讨个清静，可此时却让他为难，最后他自言自语地说了一句："俺的娘，豁上了。"随后坐下来开始垂钓。当把钓钩投入海里静静地等鱼儿上钩时，他触景生情，不由得思考起来了一个古老的话题——混沌。

混沌，人类创世之前的原始状态。

世界各民族几乎都有自己的创世神话，借以来回答天、地、人是怎样形成的。

中国人的创世也有一个神话，由这个神话而衍生了华夏民族自己的传统，这传统的愿景体现的是先民对理想社会的追求，对忠贞爱情的讴歌，对自然万物的珍爱，对惨烈灾祸的反思。就在这华夏传统文化的延续与传承中，始终久远地回荡着一个伟大的声音："人法地，地法天，天法道，道法自然。"

想到了这些，那个老人自然而然地感叹起了自己今天的老去，还有已逝去了的青春……

人 生

年轻，这是一个多么令人留恋的字眼，还有那早已逝去的年轻岁月。

当青年男女相吸而步入演绎激情故事的日子时，难道只有占有、满足和欢悦才能称之为爱情吗？由此，他想到了生命、人种和人类的繁衍……

其实，就生命的进化而言，雌雄两性无不存在于混沌的时空中，人类也是如此。在这物种生命生生不息地繁衍延续的漫长进程中，人类逐渐在混沌的时空中成为了地球生命的主角，进而沉淀了不同人种的原始传统，更因语言、文字的诞生而使人类变得文明与神圣。

中国古人云："人有六情，失之则乱，从之则睦。"

人之色情，乃六情之一。为此，人之雌雄该如何欲求爱之情？

今天，人类文明已经进入了一个新的世纪，礼仁孝曾身居过局长官职，又是一个老知识分子，如今已70多岁了竟与老伴离了婚，而后便去找了另一个老女人。这消息一时间在雾城海洋界传得沸沸扬扬，引来了人们种种议论，也招来了责怪。

然而，他对这些泰然处之，他早就有了思想准备，心甘情愿地去承受这一切,并想用自己的行为来证明自己,而且初衷不会改变,那就是欲求爱之情,报怨以德。

在与老伴离婚前,他已经反复地思考过:古稀之年才明白人世的高贵是什么。官职还是金钱?否!他最终认识到最为高贵的是人的行为和心灵。因此他从了祖训李耳言:"唯君子为能信,一不信则终身之行废,故君子重之。"

那是在他退休后,也许因为是知识分子和人生经历的缘故,他因人生的一个一直无法解开的结而对自己的人生产生了深深的思考:自盘古开天,阴阳分离;女娲造人,东西南北;神性消逝,人性升腾。之后,情与义便成为了人性的永恒主题。

时至今日,这一主题真的严峻地摆到了他的面前,在等待回答,这对于他来说,无疑是在风烛残年已无人生的价值时,却要寻求人生的另一种意义,要对人生情的折磨、义的操守作出抉择。

今天的礼仁孝,必须要经历另一种蜕变。当这一蜕变过后,他要做如同是经历了死的搏斗和磨难而生存下来的蚕,还是死去了的变成了肥料?

礼仁孝感叹自己,是因为自己人生的经历,让他最终明白了这样一个以前从未思考过的做人的道理。

其实,出生在哪一方水土,哪一个朝代,哪一个家庭全是撞大运,是偶然中的必然结果。这种必然结果只有一个条件事前是明确的,那就是人种。

人种是先天的基因,是不能改变的。同时不能改变的还有一个人撞大运来到人世时所处的时代。这个时代是太平盛世,还是战乱灾祸?对于这些这个人一出生就要去面对,就要去承受。因此，既来之则安之，就成了一个个时代，一代代人必须顺从的存世和处世的法则。

撞大运，怪不得天，怪不得地，要怪只能怪自己。

礼仁孝这一代人正是这样，撞大运来到人世时，不幸的是这个国家、这个民族正处在近代以来最为灾难深重的时代，而幸运的是这个时代正是行将改朝换代的前夜。这个前夜过后，对于这个国家、民族和一代人来说，无疑将是一个新生。

当这个新生到来时，礼仁孝才有了机会从父辈教他识字的书本里走进了学校。然而，世道可以改变，但天道不可改变，人伦之道永远是人间正道。人伦正道是基因，这一基因血脉传承几千年沉淀下来的民族文化的底色，这底色滋生和培育了民族的传统。

这种传统的核心根基是忠、孝、节、义，也就是说凡事要讲老理、要讲规矩。说得雅一点，就是君君、臣臣、父父、子子。

几千年了，一个世代庄户人家的后生，礼仁孝骨子里的认老理、讲老规矩的传统思想正是由此而来。打小老一辈人就经常对他说："老理、老规矩如同咱们的肤色一样，不是不能改变，而是难以改变。若要随意改变了，那就是杂种。杂种是大逆不道，辱没祖宗，百年之后进不了祖坟，会成为孤魂野鬼……"

礼仁孝成人的年代，依然是认老理、讲老规矩的时代。他认老理、讲老规矩，对于老理、老规矩，他恪守传统的信念，后来随着长大成人而演生成了信仰。

说到信仰，礼仁孝记得父亲曾对他说过这样的话："世人创造了佛，佛反过来又服务于人。因为佛主张我为人人，才能人人为我，这就是一种信仰。作为一种信仰，大佛佛旨在于普度众生,小佛佛旨在于佑一方庶民。其实作为一般信佛的人都不明此理,大都是出于一己私愿之心求佛保佑自己,这就违背了佛旨的本意。可以说这种不照佛旨真谛的信佛,只能是一个迷迷糊糊的侥幸者,这种盲目的侥幸是道信,而不是信仰。"

礼仁孝的"礼",本姓是木子李。那是在他十几岁离家到县城去读中学时,父亲想到世道变了,儿子这一去将不再会回家,便把"李"字改成了"礼"字,寄望于他能把李氏宗族的老理、老规矩和老传统延续下去。尽管礼仁孝脑子里老理、老规矩和老传统根深蒂固,但他绝没想到,世道会变得如此之快,他竟成了宗族老理、老规矩和老传统的最后一代操守者,甚至成为了一个"不肖之子"。

50年过后,就在礼仁孝的人生回到原点,经历了他和前人都未曾经历过的时代时,他迷惑、彷徨、震撼了,他经受了脱胎换骨的洗礼。

今天的地球上,沧海桑田的演变要经过痛苦的千万年。人类文明的进程也是如此,当它是海的时候,人最好是鱼;当它是桑田的时候,人最好是蚕。在海水已经退去,土壤里的盐碱还没有被洗净,还没有肥力,土地还很荒凉的时候,几株稀疏弱小的桑苗刚刚装点出一点生机,这时候的蚕,生存最为艰难,每蜕一层皮都像经过一场生死的搏斗和磨难。活下来的经受住了考验,而那些在蜕皮过程中被盐碱侵死的蚕,就只好变成肥料,它的价值就是为这瘠薄的土地增添一点养分……

残　年

　　黄海之滨的雾城。

　　这座城市地处山东半岛南部的黄海之滨，每年春夏之交时节，由于特殊的地理环境条件，加之太平洋东南季风北上的直接影响，历史上年雾日最多曾有过 80 天的纪录，一般年份平均雾日都在 40 天以上。这意味着雾城生来就给人以特别的朦胧感。也正是这雾里看花，赋予了生活在这座城市里的人们一种别样的联想、猜测、憧憬和思索。

　　进入 21 世纪，这座城市与人类文明的进程一道迎来了一个新的纪元。

　　中国，和平崛起，国强民富足以惊世。然而，当现代工业文明狂飙于华夏大地时，无疑会猛烈地撞击中华农耕文明传统文化的宫殿。这狂飙实质上是西方文明对东方文明的挑战，甚至可以说是决斗，也可以理解为黄土文明在经受着蓝色文明的洗礼。面对全球化的浪潮，当这狂飙掠来时，不管你是否愿意必定会撼动废墟，同时荡涤陈腐，而后必将唤起觉醒，必然有所超越。

　　步入新世纪的第八个年头，这一年初冬的一天早上，已退休赋闲在家十多年的礼仁孝，刚起床洗漱完毕来到客厅里，座机电话突然响了。这是一位不速之客的电话，是一个让他感到意外，又似乎是他命中注定一定会打来的电话。

电话里传来了一个女性极为苍老的声音:"仁孝……我是童贞……你能来看我吗……"这声音尽管十分微弱且断断续续,但却犹如一把利剑猝不及防地一下子刺进了他的心脏。一时间他觉得心脏里的血喷射而出瞬间涌上了大脑,随后脑子里出现了一段时间的空白。他不知道电话里她还说了些什么,仅记得她告诉他,她现在正躺在医院的病床上。

放下电话,他有气无力地仰靠在了沙发上,心跳在继续加速,血在继续奔涌,他想极力控制自己的情绪,长叹了一口气后,慢慢地闭上了眼睛。

常言道:"人过60岁官大官小一个样,过了70岁钱多钱少一个样,过了80岁男人女人一个样,过了90岁活着和死了一个样。"闭目思过,他想到了这样的话,此时想来这话不无道理。

约莫过了20分钟,他缓缓起身走到衣架前,一边去拿外衣,一边冲着厨房里喊了一句:"曹糠,我出去一下,早饭就不吃了。"随后,他推开门走了。

坐落在这座城市南部临海的两个小山头中间地带的一所医院,是这座城市最好的一家医院,也曾是他和她就读过的大学的附属医院。如今,母校早已搬去了省城,曾经的医学系已是一所医学院了,而他和她就读的那个海洋系也已成为了一所海洋大学。

冬天虽然来了,但因为有了海洋巨大的气候调节作用,使海滨城市的寒冷要比内陆城市来得晚一些,梧桐一叶落而知秋,冬天毕竟还是来了。他看到,寒风袭来路边法桐树泛黄的叶子飘飘洒洒被吹落了下来,继而向路的远处飘飘而去。

残年

礼仁孝，就是在这样一个时节走进了这家医院，见了那个叫童贞的老女人。

在医院里，他不知不觉已待了一个上午，中午时分才走出医院。走出医院大门，他一抬头看到的是医院正对面的那幢钟楼，那是一幢德式建筑，钟楼顶上镶嵌的大钟指针不知为什么指的是八点。他没有想太多，随后径直向相距两公里多的母校走去。他没有饥饿感，似乎也忘记了时间，当他沉重的步履踩过了被冷风吹落堆积在人行道上的树叶时，发出了"吱吱嗦嗦"的响声，这响声伴着他脚步的加快，在他听来越来越响，似一个孤独的幽灵尾随在后。走着走着，他不由自主地停下了脚步回头向医院的方向看了一眼。这时他只能看到那幢德式建筑的钟楼凸立在一片红瓦屋顶之上，钟楼上那硕大的时钟依然清晰可见，可那指针依然指在八点上。这时他才突然间醒悟了，那时钟已经不走了，只是为了昭示这座城市曾经历过的一段历史而存在着。回过头来，他继续向母校的方向走去，穿过了一条全是日式别墅建筑的小巷，再拐进一条小巷，前面就是母校的二校门。校门里面的校园，新中国成立初期他和躺在医院病床上的那个老女人一同在这里度过了四年的大学生活。

当来到校园二校门外时他站住了，向校园里望去，这时正是中午时分，他看到饭后学生们正在校园里三五结伴，或是漫步或是嬉耍。看到眼前的景象，他没有径直走进校园，而是找到了校门前的一棵粗大的法桐树站了下来。这棵大树生长得极具特点，在两米多高处树头被削去了，就在这树头被削去处重新长出了两个枝干，平整地向两边生长开去，如今已同主干一样粗壮，犹如一个巨人伸开双臂撑起了那蓬伞似的树冠傲然挺立。礼仁孝还记得,50多年前,当他第一次看到这棵树时,虽然是小树,但树形已是如此。当时他还问过一位老师,这树为什么会这样?老师说:"这是园工有意修整的,对树木从树苗时开始修整,成材后才能有形有状而参天。"老师还说:"对人也是如此,从小教化才能成才而有作为,这就是十年树木,百年树人的道理。"

50年后,礼仁孝再次来到这里,他用手抚摸着那粗壮的树干,发现那树的树皮有的已经龟裂了。这时他才意识到,这树也老了,对此他感慨万千。一会儿过后,他猛然间意识到今天的学校里已没有他认识的人了,同样也没有认识他的人了,他和她的同学们都已老去,有的已作古。他不知道自己今天鬼使神差地要来这里干什么?就在他刚刚见到因病已经失去了自理能力躺在病床上的童贞时,他一下子顿悟了什么。对于一个坚强而有信仰的人只有两种情况才能彻底倒下而失去生命尊严:一种是自己把自己打倒;另一种是被病魔击倒,童贞正是属于这后一种。看到童贞被病魔击倒已全无生活质量,更无生命尊严地活着,礼仁孝内心痛苦万分。今天他来到这里,是怀念昔日的寒窗岁月,还是想寻觅早已逝去的青春影子,或是要面见老师,想再一次求解难题的答案?他不得而知。然而,眼前的情景分明无可抗拒地在告诉他:逝去的人以同一方式离开,而生的人却还要以不同的方式活着。其实不必大惊小怪,逝去的人已断魂,留给活着的人只是伤感;而活着的人最无情,这种伤感对于活着的人会稍纵即逝。

礼仁孝不能,现在的他要经受人生的又一次考验,一次关乎身败名裂的考验。风烛残年的他已失去了对于别人的人生的实用价值,一直恪守着心里的传统不改初衷,今天来到母校就是要重新思考已失去了物质价值后,还能有精神价值吗?他要掂量余生的意义，这也是他最后的念想。

　　风烛残年，生命最后的岁月，情与义是他最大的一个心结。刚刚过了一个上午，礼仁孝觉得自己一下子又老了很多。站在校门外他脑海里又浮现出了早已逝去的岁月，在那个岁月里，他和她有过一段可以说是传奇的经历，又是一段无法向外人倾诉的经历。一想到那经历，让他更加惆怅，也更加重了他心头从未感受如此之深的一种凄凉与悲哀。此时，他真想对校园里那些无忧无虑的学生们说："孩子们，人生不是这样啊，也不应该永远是这样！"

　　已经70多岁了，时至今日，人生要他对一道情义的难题给出答案。其实要找到能让他和她都满意的答案，昔日的同学帮不了他，老去了的老师也帮不了他。

　　礼仁孝明明知道，二校门是母校的边门，可他来这里，究竟是要找寻什么？是那段刻骨铭心的经历，或是自我，还是要为童贞找回一个女人应有的生命尊严？

邂 逅

他和她是在20世纪50年代中期从县城义城开往雾城的长途客车上第一次相识的,那一年是共和国大跃进第一个年头的夏末。

礼仁孝出生在鲁东南的一个山区,但这山区与别处山区完全不同,属于地质学上称为"岱崮地貌"的奇特山区,他家住的那个地方叫霸王崮。他和她最初相识时,她同他的话题是从他的姓氏和他随身带的一件稀奇物件开始的。那一年,礼仁孝在义城读高中就要毕业了,他的学习成绩一直很好,要想考大学不应该有什么问题。但是由于在霸王崮那样一个封闭得近乎原始的山区村落中长大,自古"父母在,不远游"的意识在他的脑子里已是根深蒂固。他本想高中一毕业就回霸王崮,帮助家人种好那几亩地,同时帮助父亲教好李氏宗祠里的十几个孩子读书。他认定自己一生都是霸王崮人。

谁知,就在毕业前,父亲一反宗族常规竟十分坚定地对他说:"你要考大学。"这话让他很是意外,他问父亲:"为什么?"父亲没做过多的解释,只是说:"风水轮流转,官不过三朝,富不过三代,李家不应总是这个样子。"

他不敢违抗父命,但也没想远离。当时父亲让他考省城的学

邂逅

校,可他却看好了雾城的鲁海学院,因为那里有他从未见过的大海。事前他不敢对父亲说,直到最后他壮着胆下了决心:"俺的娘,豁上了!"他终于第一次自我做了一回主报考了鲁海学院。当时他想鲁海学院离家只有500多里地,虽说还不知这鲁海学院究竟是学啥的,但终归是学水的,既然风水轮流转,何不由土转为水呢?而且水是生命之源,更是农家的性命之源。

他的愿望还真的实现了,他被鲁海学院录取了,当他忐忑地把这一消息告诉父亲时,父亲竟十分平静,什么话也没说。

礼仁孝出生在霸王崗,现在就要第一次离家远行了,面对意外平静的父亲,他回想起了自记事以来记忆中最为深刻的几件事。

那是在他八岁那年初春的一天,父亲一大早从坡上回来叫醒了还在睡梦中的他说:"起来吧,跟我上坡去。"

他不敢多问,只能顺从地穿衣起床来到了屋外,他看到父亲已准备好了一把铁锹和一把镐,还有一棵李子树苗,他不解其意,便问道:"爹,上坡干啥去?"听了他的问话,父亲只生硬地说了一句:"栽树!"

他跟上父亲,来到了他家坡上的那块李子园。说是李子园,其实只有十几棵李子树,然而却整齐地排到坡地的一高处。来到李子园放下工具,父亲对他说:"你数一数这李子树有多少棵?"他不知道父亲是什么意思,以前确实不曾用心去数过有多少棵李子树,这回他按照父亲的意思顺从地从后往前数去:1、2、3……,数到最后他告诉父亲说:"爹,一共11棵。"

"多少棵?"对他的回答父亲显然很是不满意,接着厉声说:"再数一遍!"

他又数了一遍后,回头还是对父亲说:"爹,还是 11 棵。"这一次父亲有些火了,走上前拉上他接着数起了树前面还保留着的一些树桩:12、13、14、15……一直数到最后是 50 棵。看着礼仁孝不明白地眨动着眼睛,父亲这时才告诉他:"这第 50 根树桩才是李子园的第一棵树,它是老祖宗迁徙到崮上时种下的第一棵李子树。一千多年了,树虽然老了早已枯去了,可它的根还在。从这第一棵树开始,崮上李家每一代人都要按顺序种下一棵李子树,代代相传,生生不息,这是祖上留下的规矩。"

这时礼仁孝才第一次注意到,尽管挺拔的李子树只有 11 棵,可在这 11 棵树前的灌木丛中还保留着许多树桩竟是每十棵为一行,整齐地排列开来。父亲告诉完他这些,随后拿出了三烛香,这是父亲提前准备的,又拿来了家里的那个水钵,点上香火插在了那第一根树桩前,然后父亲对他说:"跪下吧,给祖宗磕头!"

听了父亲的话,他顺从地跪下了,接着父亲也跪下了,他们一起磕了三个头。父亲起身后拿起了那个带来的水钵,把钵中的水倒了一半给那棵老树根。

这些结束后,父亲同他一起在李子园第 51 棵的位置动手栽上了那棵父亲带来的李子树苗,然后把水钵中剩下的半钵水浇在了树苗上。父亲一边干着活,嘴里还在不停地说:"人啊,一辈子一是不能没有祖宗,二是不能没有规矩……"

这是两句经常挂在父亲嘴边的话。礼仁孝从记事起就知道家里有两本书,一本是线装本早已发黄了的《道德经》,另一本是父亲不知道看了多少遍的《西游记》。他是家里的长子,父亲在他小时候教他从读《道德经》开始识字,从读《西游记》开始教他为人处世,十岁那年又送他到崮下的村庄去读了三年书。到了

邂逅

新社会父亲又送他到义城去读中学,全家倾其所有供他读完了初中又读了高中。他清楚地记得,就在去县城读书离家前的那个晚上,父亲曾十分严厉地对他说:"自古以来,李姓由理到李多有张扬,也多有磨难。世事难料,一个家族顺势时好过,逆势时难为,甚至还要隐姓埋名以避株连九族之痛。但无论是顺势还是逆势,祖训和人性都不能改变,此番你去义城读书,日后必会离开霸王崮。我想好了,为不辱祖宗,我要把你的名字李仁孝改为礼仁孝。你一定要记住,以后你无论走到哪里,祖训不可违,崮风不能丢,德性不能变!"

父命不能违,到了义城学校,他在入学登记表上姓名一栏里恭恭敬敬地写下了"礼仁孝"三个字。

在开往雾城的长途客车上,礼仁孝和那姑娘并排坐在一排座位上,客车在崎岖不平的公路上颠簸前行,这一程四五百里的路程客车要走上一天的时间。中午时,该填肚子了,礼仁孝从背着的书包里掏出了玉米面煎饼就着大葱吃了起来,而坐在他旁边的那个姑娘吃的却是白面馒头。

礼仁孝没在意这些,那姑娘也没在意这些。当他们吃着时,那姑娘拿出了一个军用水壶喝水,而他从座位下却掏出了一个水钵喝水。正是这水钵引起了那姑娘的注意,她问他:"你是霸王崮人?"礼仁孝冲那姑娘点了点头。她又主动问他:"你姓什么?"礼仁孝轻声地回答:"姓礼。"随后他对那姑娘又解释了一句:"不是木子李,是礼貌的礼。"

礼仁孝的话让那姑娘十分好奇,而他对她如何会知道他是霸王崮人,心里在猜测着,就这样她和他断断续续地聊了起来。礼仁孝问那姑娘:"你去哪?"那姑娘回答说:"去雾城。"这是礼仁孝第一次与一个陌生的异性如此近距离地说话,又是在离家远行的路上。

　　他们相识了。这种相识不知道为什么会让礼仁孝有一种隐隐约约的亲切感,这种亲切感好似邂逅重逢的那种亲切中带有深深的不安和羞涩。

迁 徙

这姑娘叫童贞。

礼仁孝并不想在异乡与异性过多地接触，因为他把自己到雾城上大学看成是东进求学，从家族的延续来说同样看作是一次迁移，是家族中第一个到离大海最近的地方去的人。既然是迁移，就意味着前途未卜。

童贞比礼仁孝要大方得多，从交谈中可以看出，她对那个水钵和他说的一切都很感兴趣。

他们的闲聊对于礼仁孝来说是拘谨和机警的，近乎她问一句，礼仁孝回答一句，这怯生生的闲聊，让那姑娘无时不感到有些尴尬。就在她想中止与他闲聊时，突然客车剧烈地颠簸了一下，货架上礼仁孝的包裹倾斜了，他没有立刻去整理那包裹，而是警觉地弯下腰去摸了摸放在座位下的那个水钵，然后才站起身去整理包裹。

当礼仁孝站起身时，那姑娘才看到眼前这个霸王崮的小伙子，在她看来身体还算健壮，五官还算端正，但一时难以让人说清相貌是好看还是不好看，她只是觉得这种长相有点过于沧桑了。可他站起来时的身高却让她感到失望，他这身高最多只有一米七。就在童贞想这些时，只见礼仁孝又一次弯腰俯下身子在座位底下十分小心地把那水钵掏了出来,随后便抱在了怀里。

客车在继续颠簸前行,礼仁孝不再吭声了,当那姑娘再次看了几眼礼仁孝怀抱的那水钵时,她看到那水钵的形状只是一个普通的鲁南农家时常用来盛水的上粗下细的一个瓦罐。这瓦罐在罐体上部分的四个方向有四个提耳,童贞知道这是用来系绳子便于提起使用的,一般情况下鲁南农家人干农活时用于带饮用水上坡。但她注意到礼仁孝怀中的这瓦罐与一般人家的有所不同,罐体外表挂着一层釉色,这釉色棕黄中泛出一点绿彩,让人奇怪的是在罐体中部偏上位置的四个方向,同时凸起四个动物头部的造型。这动物她不认识,说龙不是龙,说虎不是虎,说狮子不是狮子,说豹不是豹,特别之处在于这动物头上长了一个尖利的独角。童贞暗自猜想,这一定是一种高贵的神兽。

童贞一边打量这瓦罐,一边看着礼仁孝,心里在猜想:"这东西对他一定很重要。"为此一种更加好奇的心理还是让她不禁问道:"你这水钵上的图案是什么动物?"听了姑娘的问话,礼仁孝这时才正眼看了她一眼,他清楚地看到眼前这个姑娘相貌端庄秀气,齐耳的短发护着她那圆圆的脸蛋,眼神中透出一股认真与善意的深情。礼仁孝回答说:"你可能不认识,这是一种神兽,叫鲑䴗。"

"鲑䴗?鲑䴗是什么动物,我怎么没有听说过?"姑娘继续问道。

"你当然不会听说,更不会见过,因为你不姓李所以不会听说这种神兽。"礼仁孝这生硬又近乎噎人的话一出口,他自己似乎也感到不妥,这时他有些担心自己的话会惹这姑娘不高兴。谁知童贞并没有生气,反而更想知道是怎么一回事:"那你能告诉

迁徙

我这是什么神兽,那两个字怎么写吗?"姑娘对他说。

为了表示歉意,礼仁孝从书包中摸出了一只铅笔,习惯性地抬起了自己的左手想往手心上写,随即意识到这样不行,他赶紧到书包里找纸。这时童贞已拿出了一个笔记本和自来水笔递给了他,礼仁孝看了看那姑娘,然后苦笑着顺从地接过本和笔时顺嘴说道:"我都是用蘸水笔……"随后,他在童贞的笔记本上写下了"鲑蹳"两个字。

童贞笑了,接过笔记本,看到"鲑蹳"两个字,她赞赏地说:"你的字写得真漂亮……"

童贞还在说着什么,礼仁孝不接茬了。他转过头去望着窗外,陷入了自己的回忆之中。

从一辈辈前人的口传中,礼仁孝知道李姓兴于陇西,而后走进了长安。大唐之后迁徙四方,如李白诗曰:"我李百万叶,柯条遍中州。"

他还记得,老人口传霸王崮李氏该属李氏渤海房一族,由陇西向东先迁移至冀,而后又有一族南下入鲁。但他不知道那是在何朝何代,只记得一代代传下来说他的先人由冀入鲁途经黄河时适逢洪灾泛滥,洪水淹没了数百里范围内的村庄和农田,洪水过后灾民遍野,瘟疫肆虐,百姓四处逃生。

就是在这次的迁移中遇到洪灾时,他的先人三兄弟也加入到了这逃难逃荒的人潮中。兄弟三人凭着自己年轻,主动站出来带领一伙灾民一路向南逃难而去。

一天,途经一个村庄,人们看到洪水过后,这里已变成了一片废墟。这时兄弟三人对随行的灾民们说:"大伙歇息一下吧,我们去庄里看一看能不能找来点吃的,大人可以不吃,孩子不吃可不中。"

三兄弟去了，刚进庄口，他们就发现在庄头的路边上倒毙着一个人，急忙上前一看，发现竟是一个女子。兄弟三人慌了神，他们搬起那女子，见是一个只有十五六岁的姑娘。大哥伸手试了试那姑娘还有呼吸，忙对两个弟弟说："快去庄里问问是谁家的女娃，顺便找点吃的和水。"听了这话，二弟、三弟急忙向庄里跑去，他俩跑到最近的一处房舍发现没有人，二弟忙对三弟说："你再到庄里去看看。"二弟则留在倒塌的房舍里四处翻找食物却一无所获，最后他只找来一只破碗，又找到一口大缸盛了水端给那姑娘。三弟回来时，那姑娘刚好苏醒了。三弟对两个哥哥说："庄里一个人也没有。"二弟说："这可咋办?"兄弟三人想了一会儿，大哥才对两个弟弟说："带上她吧，我们不能让她死在这儿。"

数日后，兄弟三人带领这一伙灾民走进了鲁东南，这里有山有水，他们感到安全多了。当行至一处山峦起伏的地方时，只见不远处有一座高高耸立的平顶山峰很是乍眼，问一路人那是什么地方？路人告诉说："那是霸王崮，是古时一个王爷屯兵的地方，如今已无人了。"

听了路人的话，大哥突然想到，屯兵之地必有兵营，虽然废了，可一定还有兵营废址可躲风避雨。当他把这一想法说给大家时，灾民们也许是因为饱受洪水之灾的缘故，见是高高的、平平的山峰，一致同意到那里去看看能否落脚。

自此，这一伙灾民便在霸王崮安顿下来了。

几年后，那倒毙路边的孤女由于无名，只知自己姓曹，大哥便给她取名为曹糠，许与三弟成婚。

迁徙

想过这些，礼仁孝又想到了父亲。在他读完初中升入高中时，也是在离家前的那个晚上，父亲把他叫到跟前对他说了很多话。他记得父亲一再叮嘱他慎学慎行，父亲说："你已经长大了，该让你懂得世态炎凉的一些道理。"接着父亲向他说："自古以来中国人怕什么？"礼仁孝对此无从回答，其实他也不知道。这时父亲告诉他说："古人自有史以来最怕的不是王法，这是为什么？这亏得老祖宗教化的规矩和留下的传统规范了后人的行为，人们自然不会去触碰王法。人们最怕的是被族人指着脊梁骨责骂做人做事不忠不孝，对不起祖宗，是不肖子孙，死后进不了祖坟，只能去做孤魂野鬼……"说到这些，父亲还是拿那本《西游记》说事，父亲说："日后，你人生之路要学唐僧的慈悲为怀，不要学他良莠不分；要学沙和尚的任劳任怨，不要学他没有准主意；要学猪八戒心宽体胖，不要学他懒惰花心；要学孙悟空火眼金睛，疾恶如仇，不要学他猴里猴气，冲动行事。最为重要的是，一定要记住孙悟空擎起金箍棒能打死很多妖怪，可也有打不死的。这是为什么？因为那些打不死的妖怪都是天上诸路神仙的坐骑下凡成精。所以，你离家在外一定要慎学慎行。"父亲最后嘱咐他说："一个男人，应如古人行有四仪：一曰，志动不忘仁；二曰，智用不忘义；三曰，力事不忘忠；四曰，口言不忘信。慎守四仪，以终其身。"

父亲的话，让他日后不仅读了《西游记》，还读了《红楼梦》《三国演义》和《水浒传》。正是读了这些书，他知道了什么是前人留下的经典，逐渐理解了汉文化的精髓。读了《红楼梦》他知道了"自古忠臣出逆子，唯有宝黛入神州"；读了《三国演义》，他知道了什么是"宁可我负天下人，也不让天下人负我"；读了

《水浒传》,他知道了"太平本是将军定,不许将军坐太平"的一些内涵的深刻道理。

如今,他已风烛残年,想到早已过去了的这些,他无奈地感叹人世,感叹人生。

感叹过后,面对浮躁的年代,礼仁孝能感悟些什么?他想恪守什么?他还能恪守什么!

祖 训

李家祖上留有祖训,这是一个不成文的规矩,无论落泊何处,身居何地;无论贫富或是尊卑,每户人家必要倾其力培养一个知书达理之人。这个知书达理之人不仅仅是要求其有做事的本事,更看重文化和人品的德性。说到什么是文化,父亲曾告诉过礼仁孝:"对于历史的传承来说,无论是人、物或事,这些都会逝去,唯有沉淀为文化才会依然活着。"

如今,礼仁孝离开霸王崮,又要离开义城前往更远的雾城去读书,礼仁孝想这恐怕是父亲在了却祖训的心结。

义城紧傍着义水河,千百年来这河水滋润了鲁东南大地的一块沃土。这块沃土历史上最早曾是鲁国的疆域,因此霸王崮民风自古根植道学,又深受儒家文化的惠泽。

这块土地严格地说并不能算是山区,而是属于丘陵地带。但神奇的是在这块土地上起伏的丘地中多有突起的当地人称之为崮的"山"拔地而起,一座座遍布境内傲立于层叠起伏的丘陵之上,远看似天柱,登攀是险峰即成为天下一绝,这大自然的杰作,时至今天仍然令人不可思议。

霸王崮,是这些崮中最大的一个,海拔高度有500多米,崮的四周峭壁几乎垂直于地面,极为陡峭,唯有一条斜坡通道伸向崮顶，堪称自古华山一条路，当属一夫当关，万夫莫开，远眺绵延的山峦中霸王崮俨然一座偌大的古城堡雄立其中。

传说，在春秋时期有两个诸侯国为争夺霸王崮曾上演过一场王城之战。这一场王城之战讲述的是诸侯国中一国和另一国之间的恩怨战争。当年一诸侯国君失国携带家眷从北方来到霸王崮后，日夜望着北方的故乡感慨万千，失国的痛苦让他卧薪尝胆，励精图治，于是在崮上辟马场，招兵买马，日夜操练士兵。之后终于和另一诸侯国痛开一战，获得大胜。

当年，在将士热血沸腾的豪言壮语和不战不罢休的复国誓言声中，只见红白两列马队，数十匹战骑，列阵东西两侧，互相叫嚣，互相挑战。马上战将捉对厮杀之后，是队阵的二战一，三战一以及将帅之间的短兵相见。这时，将士们在疾驰的马背上，或飞腾，或翻身，或侧边悬挂，或飞身跳马，一片冷兵器热斗。好一场恢宏的战争场面，王城之战、国之战、崮颠之战……古战场上的马战，让英雄的胆魄和智慧在纷乱的时代创下了属于自己的一片天地。操练结束后，将士们在他们君王的带领下，举行了声势浩大的祭天仪式。

崮上的霸王台是当年祭祀的平台，是一座圆形的祭坛。古人认为天圆地方，圆形正是天的形象。君王在此祭天、祭祖、祭社稷，祈求风调雨顺，安邦社稷。

祭天是华夏民族最隆重、最庄严的祭祀仪式，起源于上古时期，是人与天的"交流"形式。

祭祀台前，君王与百官都要斋戒并省视献神的牲畜和祭器。祭祀之日，君王身穿大裘，内着衮服（饰有日月星辰及山、龙等纹饰图案的礼服），头戴前后垂有十二旒的冕，腰间插大圭，手

祖训

持镇圭，面向西方立于圜丘东南侧。这时鼓乐齐鸣，报知天帝降临享祭。接着君王牵着献给天帝的牲畜宰杀。随后这些牲畜随同玉璧、玉圭、缯帛等祭品被放在柴垛上，由君王点燃积柴，让烟火高高地升腾于天，使天帝嗅到气味……

仪式毕，盟誓开始。只见一群脸带怪兽面具的人手持长戟，依次站于祭天台前。接着两个带脸谱的大祭司，手中举起手鼓，嘴里念念有词，并恳请君王上台祭天。这时，君王气宇轩昂地走向祭祀台，进行祭天祈祷。接着，参与祭天的祭司们，开始手舞足蹈地表演，或向天祈祷，或跪地祈福，或左右逢源或前后作揖，这便是传说中历史上曾有过的一幕。

如今，霸王崮依旧平坦如野，面积约有五六平方公里。还有传说，在原始社会时期这里就有人类活动，进而形成了早期的原始群落，直至后来成为氏族社会的一个部落而被称之为天下王城。

流经这里的义水河的终极归宿是大海，而霸王崮正地处义水河源头之畔。由于李氏宗族的文化传统，祖上人来到这里后经过多年探寻得知，霸王崮兴于春秋时期，秦时为琅琊郡属地并开始屯兵，之后随着朝代更迭，霸王崮的军事地位逐渐削弱，至明朝初年屯兵废止，自此后霸王崮开始淡出外界视野，远离了战乱和动荡。李氏宗族庆幸来到了这块风水宝地，靠自耕自作，自食其力而生存、繁衍，生生不息，成为世外桃源。

可以说李姓是霸王崮最早的开拓者，他们虽人数不多，远离尘世，但由于一代代人延续着宗族的传统，虽然过着近乎原始的部落生活，却一直传承着自己的氏族规矩，当然这规矩与一千多年前的祖训还是有所改变，但其根源与本质无异。

李氏宗族视恪守传统为美德。祖上传之：国有史，方有志，家有谱，这是中华民族特有的优良文化传统。其缘由是：国无史，无以考一国之兴替；方无志，无以证一方之源流；家无谱，无以辨一族之血缘。正是因为李氏宗族深知其知今宜鉴古，无古不成今，从来万物本乎天，人本乎祖的道理，所以格外在乎后人的读书，才传承下了祖训。李耳（老子）曰："我有三宝，持而保之。一曰慈，二曰俭，三曰不敢为天下先。"诲后人慎处世，"报怨以德"。

礼仁孝小时候不知道多少次听长辈人讲过：李姓以乌夷族部落之皋陶为血缘始祖，因其任尧、舜的大理官之职，遂以官命族为理氏（古字中"理"与"李"字相通）。又以商朝理官理征之子利贞为得姓始祖，至李耳出世，为天下李姓第一人。

史书记载：皋陶，生于曲阜。

传说皋陶任理官时（掌管司法的长官），专门训练了一头名叫鲑鳙的独角兽，这奇兽有一种能辨善恶真伪的特异功能。它一遇见有罪之人就会用尖利的独角去冲撞；一旦发现谁在说假话，它就会怒气冲天，令人生畏。皋陶用此奇兽断案，以善理刑狱而著称于世。

有史书记载：皋陶之后，历虞、夏、商二十六世为理官。传至三十三世理征时任商纣王的理官，见商纣王昏庸无道，沉迷于女色，理征屡屡进谏，执法不阿，为昏淫的纣王所不容，终遭亡身之祸。理征的妻子契和氏带着幼儿利贞逃了出来，奔于伊侯之墟（今河南境内），饥饿不堪，见一树上结有果实，便采了来吃，母子得以活命。其后，利贞畏于纣王的追捕而不敢姓理，于是以报"木子"救命之恩，改称李氏。

祖训

也有说：利贞传至四十九世李乾时娶妻婴敷，李氏婴敷怀胎，逍遥于李树下，乃割左腑而生一子。其子生而指李树为姓，名为李耳。

这些都是父亲从他小的时候就教化礼仁孝的，并叮嘱他不可忘记，忘记了这些就是忘记了祖宗，忘祖枉为人。

……

长途客车以每小时三四十公里的速度前行，这比牛车要快多了。中午已过，眼下的路离大海边该是很近了，礼仁孝先前打听过，这里的海边是黄海与东海的分界处，这海边的花果山是孙悟空的老家，还是秦始皇东巡琅玡时，方士徐福进言入东海求长生不老之药的所在。

长途客车依然在不停地颠簸前行，也许礼仁孝认为这次离家已经很远了，他闭着眼睛似睡非睡地回忆着老辈人一代代传下来关于祖上的一些事情。这时客车又是一阵颠簸，他睁开眼睛看了看窗外，又自觉不自觉地斜视了一眼坐在旁边的那个姑娘。那姑娘可能也累了，同样闭着眼睛在养神。这时他的胆子大了，因为不用相互对视，不会难为情，他心里在想："俺的娘，豁上了。"随之，他转过头来正眼打量了一会儿那姑娘。这一打量不要紧，他看到那姑娘的相貌虽不能说是如花似玉，却让礼仁孝感到，她睡态的面容中透出了一种温婉贤惠的气质。他觉得她长得很美，这种感觉是他在霸王崮从来没有的，就是高中班上的女同学中，也没有谁能让他有这种感觉。此时，他在心里猜想，从她那彬彬有礼的言谈举止上看，她一定是城里人，是一个读过书的人。但他还不知道她姓什么，叫什么名字，礼仁孝只是心里在想，为什么城里人和乡下人会不一样呢？他又一想，难道她是书香门第之女？他还想不明白，从相貌到气质，她为什么会让像他这样的男人都会有一种可望而不可即的怦然心动感呢？

想到城里和城里人，礼仁孝又想到了霸王崮。

霸王崮距义城有近百里，距崮下最近的村庄也有 20 余里。崮上土地多为沙土，极适宜耕种地瓜和花生，还可种植玉米，崮上还有一口"深不见底"的水井，千百年来维系着崮上的生灵。一想到那水井，他知道那是在先人落脚崮上后发现了的一口深水井。有了这水井，先人们又偶拾一水钵，随后找来了藤索系住水钵取上井中之水，才得以生存了下来。这时他独自疑问：一方水土养一方人，霸王崮的水土为什么就养育不出如此美丽的姑娘呢？

礼仁孝从到县城读书时起，就知道义城比霸王崮好。但他更知道千余年来霸王崮是祖上之地，是生养自己的故土。想到了祖宗，他又想起了崮上的小宗祠，想到小宗祠他再一次把那个水钵紧紧地抱在了怀里。

图　腾

祖宗，小宗祠，这对传统来说，都是十分神圣的字眼。礼仁孝想到这些，他把那水钵紧紧地抱在怀里似乎感到是在热切地拥抱着自己的祖宗。

祖宗虽然离开后人远去了很久很久，可那水钵上的鲑蹶却是霸王崮李氏家族祖上留下的图腾。

那水钵是当初用来从深水井中取来生存之水的物件，水钵上凸起的鲑蹶是血缘始祖皋陶驯养的神兽。

汽车还在前行，礼仁孝把抱在怀里的水钵看了又看，又自觉不自觉地仔细端详起了那钵体上的鲑蹶，这是前人传下来的手艺自己用当地的瓦土烧制的。

过了一会儿，礼仁孝用余光又一次斜视了身旁那姑娘一眼，见那姑娘正脸朝向他的一侧，好像睡着了，这时他又不由自主地转过头来看了那姑娘一眼，谁知那姑娘睡态的脸庞竟吸引了他的目光不想离开。忽然间那姑娘眼皮眨动了一下便睁开了，见礼仁孝正盯着她，脸颊立即绯红显得十分难为情，这让礼仁孝顿时感到既尴尬又惶恐。就在这瞬间，礼仁孝竟不知所措地冒出了一句："你知道霸王崮吗？"听了他的问话，那姑娘似乎也在极力地掩饰自己的难为情，同样不知所措茫然地冲礼仁孝点了点头。

霸王崮崮顶虽然远看似平坦如野,但其地形地貌依然起伏有所不平,地势形同神州大陆板块一样呈西高东低的态势,而地貌与山地无异。在崮上的西端,也是崮上的最高处,一代代老辈人建起了一座李氏宗族小宗祠。小宗祠坐西朝东,名为"长乐祠"。

　　古人说:"无庙无宫,乡里不兴。"崮上李家的村落位于"长乐祠"的下方,这是遵从"宫前祖厝后"的风水禁忌。宫即是祠,厝即是房子。也就是说宗祠一定要建在祖上留下的居所上面。"长乐祠"之所以坐西朝东修建还有一番说道。从地理风水上来说,西高东低的地势自然要选高处建祠,而面朝东恰好每天清晨最早迎来太阳升起沐浴朝晖,可以起到补阳护阴之功能。这除了有训勉子孙饮水思源的含义之外,还有提醒后代子孙向着东方追求光明,家族兴旺之寓意。

　　"长乐祠"的建筑外观完全是北方风格,祠的主体主要是依靠夯土加之崮上石材建成,既因地制宜,又传承了我国西北古建筑之技法。

　　"长乐祠"为一朴素的合院式宗祠,格局为阔三间,深一进,这表明崮上李氏家人已为平民,所以才称之为小宗祠。正殿只是一排五间正房,正房前便是一个与地平的院落。院落门楣有楹联,上联是:胪唱儿孙三百辈;下联是:经传道德五千年。进院落正门门楣同样有楹联,上联是:田可耕,桑可蚕,书可读,袭誉传家至宝;下联是:战则胜,攻可取,守则固,李氏不息。

　　"长乐祠"并不华丽,仅是一座比一般民宅大些的建筑院落。正殿里没有什么彩绘装饰,只是正面的壁上画有一巨幅壁画,壁画上画有一轮初升的太阳普照群山万壑,一只雄鹰展翅俯瞰群山郁郁葱葱,群山之中一条大河在流淌。显然,壁画希冀为族人营

图腾

造出国泰民安、吉祥康泰、平安幸福之氛围,同时内涵忠孝节义,藉族人能见贤思祖之深情厚谊。

壁画前的供案上摆着一尊老子李耳的站立塑像,塑像前摆着一个大一些的水钵,上方挂有一匾额,上书"长乐"二字。

这水钵即是霸王崮李氏迁徙此后,先人给后人留下的图腾物件。

礼仁孝打从记事时对小宗祠祭祖一事就有印象,直至到崮下村庄读了三年书后,才开始慢慢知道了祭祖是怎么一回事,才知道那鲑蹶是崮上李氏宗族的图腾。正是知道了这些,他对李氏宗族的渊源关心了起来,这种关心直接影响了他日后的成长,而这种深厚的影响要比那些世俗来得持久。

其实,中国人在三皇五帝以前(距今约五千年)就有了姓。据传说姓的最早起源与原始民族的图腾祭拜有关。那时氏族部落不但对图腾奉若神明,禁止食、杀、冒犯,而且还把它作为本氏族统一的族号。在原始部落中,一般图腾、族号和祖先名常常都是一致的,久而久之,图腾的名称就会演变成同一氏族全体成员的标记——姓。

记得还在十几岁时,一次礼仁孝问父亲:"这'姓'字为什么会是由'女'字和'生'字组成呢?"

听了他的问话父亲很是高兴,当时父亲教化说:"中国人姓的形成除与图腾关系密切外,还与女性分不开。在母系社会时,人生来只知有母,不知有父。所以'姓'字由'女'和'生'两个字组成,这说明最早姓是跟母亲的姓。这同时也寓意了人是由女人所生,这是母系氏族社会与文化的一个特征性产物,所以会有'圣人无文,感天而生'的神话故事,这也是在警示后人,一提到姓就要想到生养自己的母亲"。

说到李姓氏族，父亲曾多次对礼仁孝说过这样的话：

李姓以乌夷部落之皋陶为血脉始祖，因任尧、舜理官，以理为姓，又以商朝理官理征之子利贞为得李姓之祖。

至老子李耳出生，赫赫有名。

李唐王朝，威震寰宇，300年为国姓，登峰造极。

贞观之治，成为中国政治家治国典范。

唐代诗文，亦是中国文学不可逾越的高峰。

李姓在历史上曾建立了12个政权，称帝者有58人。

每当说这些时，父亲都会以一种自豪的口吻告诉他："这些都被老辈人沉淀了下来，慢慢就形成了一种文化才得以传承。你问过我，什么是文化？我理解文化就是学问，是人类制造出来的产物，比如说这瓦罐、这瓦罐上的鲑躅图案等。反过来说，有文化是人类所以为人类的特征。"

也许是因为父亲有了这点学问，族里人推荐父亲在"长乐祠"里办了一个不是学堂的学堂，利用晚上和农闲的时间，把族亲适龄的孩子们组织起来识字，教化一些做人的道理：一夫不耕，或受之饥；一女不织，或受之寒。生之有时，而用之无度，则物力必屈。古之治天，至纤至悉也，故其蓄积足恃。

同时还传授祖训：夫论治者必称齐家，家者，身之推治之本也，身不修，家人无所取正，而后家必不齐；家不齐则仁让何由而兴，九族何由而睦，故齐家本之修身，以身为家范也……

父亲的教化是老一套，每当听到父亲时常唠叨这些话，礼仁孝都会一一记在心里。可他更喜欢的是祖上的另一个人，那人是谁？那人正是杜甫诗云："李白斗酒诗百篇，长安市上酒家眠，天子呼来不上船，自称臣是酒中仙。"

在父亲的教化下，礼仁孝尽管还没有学到更多的知识，但已朦胧地开始懂得了人之所以为人，就是因为生生不息，血脉传承沉淀了千百年才形成了文化，这是人类与别的高等动物的不同。

世上万物都有各自物种形成与延续的道理和规矩，人类也是如此，这就是渊源与历史。

礼仁孝长大了，他知道了人类在一代代延续的进程中，不断与天灾人祸抗争才得以繁衍生存下来，靠的是大脑思维的智慧和身体的技能。为此，他想到这技能该是知识，通过技能创造出来的成果和由这些成果衍生出来的新认知该是文化，也就是老辈人所说的学问吧！

敬畏之心，崇尚先贤，归于自然。这是宗族的传统，是一代传一代延续下来的教化。

礼仁孝虽说长大了，但还不能说成人了。真正要成人，成为有用之人，他要汲取更多的知识、更多的学问。可世道变了，礼仁孝远离了霸王崮，他将学到些什么，他还能传承传统吗？

同　窗

　　傍晚时分，经过一天的颠簸，长途客车终于驶进了雾城。

　　当汽车经过一段海岸时，礼仁孝第一次看到了大海，他很是兴奋。

　　难道这就是想象中的大海吗？这时身旁的那个姑娘也兴奋起来了，她指着车窗外海面上的航船让礼仁孝看，过了一会儿，他们相视而笑了。

　　一路上，这是礼仁孝第一次有了笑容，而正是这笑容给那姑娘留下了沧桑之感以外的另一种朴实无华的印象。

　　长途汽车终于到了雾城汽车站。

　　他们一起下了车，当礼仁孝背上书包，一手抱着水钵，一手提上简单的行李来到车下时，见那姑娘已先他下车站到了车后，正在准备接司机师傅从车顶上卸下来的一个柳条箱，那柳条箱较大，看上去还很沉。礼仁孝想那一定是她的行李，见状他走上前主动对那姑娘说："我来吧，你帮我拿好这个。"说着他把那个水钵顺手交给了那姑娘，上前去接过了那只从车顶上卸下的柳条箱并提上走了。

　　他俩一同向汽车站外走去，礼仁孝有点气喘吁吁了，来到站外他放下手中的柳条箱问那姑娘："你要去哪儿？"那姑娘回答：

同窗

"去鲁海学院。"

听她说也是去鲁海学院,礼仁孝猛然间一愣,随后顺口问道:"你也去鲁海学院?"见状,那姑娘似乎察觉到了什么,她反问道:"你去哪儿?"礼仁孝看了那姑娘一眼后才回答说:"我也去鲁海学院。"

听了礼仁孝的回答,那姑娘显然很高兴,她问他:"你知道怎么走吗?"礼仁孝摇了摇头说:"不知道。"这时那姑娘对他说:"临来时爸爸告诉我,说出站后往东走五六百米乘公共汽车就可以到鲁海学院……"

礼仁孝听从了她的话,刚要去提那柳条箱,突然想到还不知道怎样称呼她,这才问道:"你叫什么名字?"那姑娘回答说:"我姓童,叫童贞。"

礼仁孝提上那只柳条箱和自己的行李,童贞背着书包,怀里抱着水钵,他们一路打听找到了公共汽车站一同上了车。上车后,童贞问那售票员:"到鲁海学院下车是哪一站?"售票员回答:"到大学路站下车。"

他俩都是第一次来雾城,从车窗向外望去,显然雾城比义城大得多,也繁华得多。公共汽车在市内弯弯曲曲的路上一站接一站地驶过,他俩认真地听着售票员报站名。大学路车站终于到了,他俩下了车站到了路边,注意到路不是很宽,可路边的法桐树却生长得挺拔,虽然不高大,树型却被修剪得很有艺术感。对此,童贞感慨:"难怪这路名叫大学路。"问一路人到鲁海学院如何走?那路人见他俩拿着这许多东西,猜想一定是来上学的学生,便指点着和蔼地告诉他俩:"从这往前走左拐,上了前面的那个大坡就是鲁海学院的大门。这样走要远一些,你们拿了这么多的东西,不如走这边儿的旁门。"说着那人手指着左侧的路又说:"从这往前走一百多米,左边的那个大门就是鲁海学院的二校门,从这里走很近,路也平坦好走。"

他俩谢过了路人,一同走去了二校门。

正是这一次,他俩第一次从这个校门一同走进了鲁海学院。然而,令他俩没有想到的是,报到后他俩竟是一个班的同学。礼仁孝和童贞一起走进了这所大学,这也许就是缘。

海洋,生命的摇篮,风雨的故乡。

这所大学日后将这样告诉他俩:在生命诞生之后的很长时间,地球上才出现了人类。从此,在这个蓝色的星球上,人类一直占据着独尊的地位。

人类生存的星球是蓝色的,因为地球的表面大都为海水所覆盖,在这个蓝色星球上除了陆上的世界,还有一个人类目前难以深入涉足的海洋世界。在这个神秘的海洋世界里蕴藏丰富的物质,孕育着众多的生命,并以极为特殊的形态与形式主宰着人类未知的那个海底世界。

地球上的每一个人都应该庆幸,要不是因为有了海洋,我们又岂能在地球上诞生,又何以能在地球上安居乐业?

古代思想家庄子在《应帝王》中讲了这样一个故事:最早执掌南海的海神叫"倏",执掌北海的海神叫"忽",而中央广阔土地的帝王叫"混沌"。混沌生得很怪,其形状如同一个没头没脑的黄布袋子,长着六只脚、四只翅膀,没有五脏六腑,也没有头脸面目。但这样一个怪神却颇识歌舞。当倏与忽两位海神游晃到混沌所居之地时,混沌用最丰盛的食物招待了他们。倏与忽很想回报混沌,便按照人类的样子给混沌凿上七窍,混沌虽然有了和

同窗

人一样的眼耳口鼻，却一命呜呼了。

汉语中，"倏忽"有"忽然""匆匆"之意。而庄子故事中的海神名为"倏"与"忽"，正是指出了骤然来去，或飘忽不定的含义，体现了海洋来无征去无兆的变化，突然而不可捉摸的科学道理。而两位鲁莽的海神好心做了坏事，也体现了古人对海洋破坏力的强大，"善恶不可以道理论"的自然属性的了解与认识。

在鲁海学院，礼仁孝和童贞学的是物理海洋学，这是一门研究海水物理性质与变化规律的学问。

20世纪50年代的大学生活本来就是艰难而苦涩的，而鲁海学院又是一所新成立的海洋专业性大学，条件相对更为艰苦。入学后礼仁孝、童贞和同学们首先学的课程是基础海洋学。专业课开课前，学校要求学生对海洋水体要先有一个基础的认识，同时要求学生必须完成"海上基本技能训练"，要学会海上行船摇橹、使帆、荡桨和游泳。

技能训练安排在入学后的一个月，出海对于礼仁孝和童贞来说都是人生的第一次。在近海的一个海湾小码头上，礼仁孝、童贞和班上共21名同学们分成了七个小组，开始了海上技能训练。他们分别上了七条小舢板，当时负责摇橹训练的是学校请来的海军战士，那橹在战士手中运用自如，可在同学们手中这橹却十分调皮，任你如何用力都不听使唤，一天下来每个同学的手上都磨起了水泡。

海上训练的海域离岸边并不远，仅有一二百米。当训练进行到第三天，一场不期而至的暴风雨突然袭来，战士教练立即大声呼喊指挥海上训练舢板紧急靠岸。就在同学们慌乱中纷纷摇橹驶向岸边时，海面上瞬间一阵狂风大作，倾盆大雨随之从天而降。

礼仁孝和童贞,还有一个男同学三人在一艘舢板上,狂风袭来海面上顿时波涛汹涌,小舢板在海面上剧烈地起伏漂荡。礼仁孝在摇橹,波涛中他无力控制住舢板,当一个大浪扑来时,舢板猛然间被抛上了浪尖。就在这紧张和慌乱的时刻,坐在舢板前面的童贞一下子被抛入了海中。见童贞落水,礼仁孝未加思索扔掉橹杆纵身跳进了海里。

幸好他们的舢板这时被海浪推到了离岸边仅有二三十米远的地方,礼仁孝竭尽全力托举着童贞向岸边游去,随着风浪他俩最后被推到了岸边。当礼仁孝不顾一切地把童贞从水中拖上海滩时,全身湿漉漉的童贞一只手一直紧紧地抓着礼仁孝。这时上岸了的老师和同学们都围了上来,码头上一个看船的老船工也来了。此时虽然是夏末,但海水的温度还是低于气温,老船工见童贞无大碍,只是呛了几口海水,便催促说:"快把她背到工房里去,找件干衣服换上。"听了这话,礼仁孝也没多想,背起童贞就往小码头上老船工的工房跑去。跑动中童贞胸部的那处敏感部位已紧紧地贴在了礼仁孝的背上,随着礼仁孝的跑动,不知为什么,一时间一股异样的激情在童贞的体内涌动,这激情来得突然却很强烈,涌动的激情让她禁不住又紧紧地抱住了礼仁孝。

真是虚惊一场。当同学们都回到了岸上清点完人数,在老师的带领下同学们冒雨返回了学校,童贞穿着老船工的一件衣服在礼仁孝的搀扶下,打着老船工借给他俩的雨伞走在了最后。

第二天,他们照常来到了海湾岸边的那个小码头,当礼仁孝去找老船工归还衣服和雨伞时,发现那看护舢板的老船工不见了。他很是奇怪,一问才知道,昨天他们返校后,那七艘舢板还散落在海滩各处,有两艘又被海浪打进了海里。那位老船工去一

同窗

一收拢舢板时，海上风力越发大了起来。海岸上已经没有人了，当老船工收拢到最后一艘舢板时，那舢板被吹离海岸很远了。就在那老船工奋力与风浪抗争时，一个大浪打来把舢板掀翻，老船工被扣在了舢板的下面再也没能上来……

这是礼仁孝下海后遇到的第一个遇难者，自那以后一个紫铜色脸庞的老船工的形象深深地印在了他的脑海里。

"这就是大海吗？"大自然给出了肯定的回答："这就是大海！"

学习了海洋学让礼仁孝明白了这样一个道理：海水集灵、动、变、柔、暴于一体，可以为善，也可以为恶。难以追随，深不可测。事后老师告诉学生们：海洋瞬息万变，在船上多一种技能就多了一条生路。而拥有技能的众人只有齐心协力、同舟共济，把船在人在，船无人亡印在脑子里，融在血液中才能形成海洋人行为的准则和职业道德的规范，这是海洋文化的一个显著特征。

童贞也许是由于这次落水受到了一些惊吓，还有落水后回到学校想洗澡，可学校里却没有淡水，这让童贞很是无奈。一连几天她都有点精神不振，可礼仁孝对此并没在意。其实，尽管雾城是一座海滨城市，守着取之不尽的海水，可却是一座淡水资源十分匮乏的城市。淡水，困扰着这座城市，困扰着这座城市里的人们。每当学校停水，学生们都会拿着脸盆、水桶纷纷走出宿舍，来到学校操场的一处水井旁排着长长的队等待从井中提水，这场面让这神圣的"海洋学府"显得十分尴尬。又是几天后，童贞主动找到了礼仁孝，她对他说："你跳海救我，我从心底里感谢你……"童贞说的不是客气话，她道出了她对礼仁孝心存的好感和感动，同时也道出了对学海洋这一专业的犹豫，担心毕业后自己不能胜任海洋工作，还有眼前的那时有时无的淡水……

　　他俩最初的相识和刚发生过的一切，让童贞把礼仁孝视为了自己在雾城最亲近的人。而当礼仁孝听了童贞的一番话后，他倒是满不在乎。只是简单地安慰了童贞几句，随后竟不禁吟诵起了王冕的诗句："空江五更潮水生，橹摇一舸随潮行。芦花旋风作雪舞，水气上天侵月明。"礼仁孝的态度，童贞善良地理解为他是在鼓励她，也是在自勉。

　　正是童贞的善解人意，她已经喜欢上了礼仁孝这个霸王崮的小伙子，虽然他土气，可在童贞的眼里这土劲让她有着一种亲和感，正是这种亲和感，让她觉得礼仁孝还真的有点可爱。

　　童贞是这样想的，那么礼仁孝呢？他也会这样想吗？

　　还有，那近在咫尺用之不尽的海水，为什么解决不了雾城这饮水之渴？

家 园

礼仁孝土气又愚钝,这土气源于养育了他的那一方水土,还有祖上留下来的传统。

李氏宗族自古就传有祭祖的传统。祭祖活动有"大宗"与"小宗"之别,即王公贵族祭祀祖先称"大宗",庶民祭祀祖先称"小宗"。

无论是王公贵族还是庶民百姓,祭祖,除正常的家祭外,每年中元、冬至和除夕的祭祖活动最为隆重。每逢这三日,霸王崮外出谋生的人在这一天,不论远近都要赶回老家祭祖,否则便会被认为是不仁、不义、不孝。因此,氏族内延续着"七月半不回无祖"的俚语。

霸王崮李氏宗族为庶民,所以祭祖活动实为"小宗"祠祭。

礼仁孝入学快一个学期了,就在同学们都认真复习功课准备期末考试时,礼仁孝却突然请假回老家霸王崮了。班上的同学都没在意,但童贞却很关心他的临时返乡。

就要期末考试了,礼仁孝突然回了老家,是发生了什么事吗?童贞无从知道。

三天后,礼仁孝回来了,但是由于马上就要考试了,童贞也没有来得及多问。再说尽管是同乡,但碍于男女同学有别,童贞也不便多问。

放寒假了。头一天童贞找到了礼仁孝,想到他前些日子刚回过家,童贞用征询的口吻问道:"礼仁孝,寒假你还回家吗?"礼仁孝看了看童贞后,明显有点心存戒意地反问道:"你有什么事吗?"

他们是同乡,他还救过她,可这些礼仁孝并没放在心里,似乎这一切都不存在。其实,自从相识又成为了同学,童贞很在意他,礼仁孝已经感觉到了。可童贞却感觉到礼仁孝对她一直是敬而远之,与她很少讲话,即便少有的几次礼仁孝也总是小心谨慎。童贞觉得他好像总是用一种自卑的心理在仰着头来看待她,平时少言寡语,有些憨的他在她面前有时甚至还有些腼腆。童贞的感觉是对的,礼仁孝是有意在保持与她的距离,这让她有些想不明白是怎么一回事。礼仁孝越是这样,反而让她慢慢真的喜欢上了他。

这次童贞找到礼仁孝是想与他结伴同行回义城,见他还是如此的态度,童贞只好直言:"如果你还回家,我想和你一起走。"

"我肯定回家!"听童贞这样说,礼仁孝头都没抬地回答她说。

童贞很高兴,她接上说:"那好吧,我跟你一块走。"

对于童贞这样的决定,礼仁孝很是勉强,他接上又说:"寒假我一定要回去,暑假就不回家了,那你就得自己走了。"

"为什么?只有过年才能回家吗?"童贞问道。

礼仁孝稍微犹豫了一下回答:"也不是……"至于为什么,他支支吾吾地一时也没说清楚。

放寒假这天,童贞约礼仁孝一大早就赶到了长途汽车站,他

家园

　　们一同坐上了那趟长途客车返回义城。

　　又是一天的颠簸，快近傍晚时汽车才到了义城，这里是他们共同的一方水土。就在客车进义城前，童贞问礼仁孝："天晚了，你离家还有百十里的路，已经没有通往你们乡里的汽车了，你怎么走？"

　　听了童贞的问话，礼仁孝表情轻松地说："上次我是连夜步行赶回家的，下车就走，天亮时就能到家了。"

　　这话让童贞吃惊不小："怎么，你走了一晚上的夜路？"

　　"走夜路怕什么，小时候在家都是走夜路，我不怕。"礼仁孝并不在意地说。

　　听他这么说，童贞想了一下说道："这样吧，你先到我家暂住一宿，明天一早坐早班车去乡上，然后再回霸王崮不行吗？"

　　对童贞的提议，礼仁孝不能同意，他坚持下车后直接回霸王崮。

　　他们一同乘车回到了义城。到站下车后，童贞再次挽留礼仁孝住一宿，而礼仁孝执意不从，无奈童贞说："这样吧，我给爸爸妈妈买了些过年的东西拿不动，我家离汽车站很近，你帮我送回家，吃口饭再走也不迟。"说着她一边指着地上装有东西的一个纸箱，一边指着不远处的一个院落说……

　　礼仁孝随身没有带什么东西，只是背着一个书包，手里提着两瓶白酒。见拗不过童贞，他只能勉强帮童贞提上那个纸箱，顺手把他手中的酒交给了童贞。礼仁孝跟上童贞，一边走心里一边在想："帮她送到家就走，坚决不能吃人家的饭，更不能留宿，若是这样成何体统。"

　　走出了只几百米，他俩来到了一个较大的院落门前，礼仁孝

· 43 ·

看那院落大门时，一眼看见那大门上挂着"义城县人民政府"的牌子。礼仁孝是第一次知道县政府在这里，一看到那牌子他顿时倒吸了一口凉气站住了。他心想："她家不会就在这儿吧？"

见礼仁孝站住了，童贞问他："怎么了？"他支吾一句什么，童贞并没有听清楚。这时童贞发现礼仁孝有些紧张和迟疑，可童贞并没有往心里去，只看了他一眼继续往前走。她一边走一边告诉礼仁孝："我家就住在这大院后面的政府宿舍"，童贞这话让礼仁孝更加紧张，他心想："怎么她是政府的人？"

礼仁孝的心里一直在打鼓，可事已至此，他壮了壮胆在心里对自己说："俺的娘，豁上了。"一边想着，一边跟在后面向童贞的家走去。

他们绕过了县政府的大院，来到院后面的一排平房找到了童贞的家。房门是锁着的，童贞放下手里的东西，从背着的书包里找出钥匙打开了房门。

进到屋里，穿过外屋来到里屋，礼仁孝放下东西就要走。他顺手想去接童贞手中的那两瓶酒，可童贞并没有给他，只是对他说："急什么，你先喝口水，喘喘气。我给你做饭，吃完了再走。"说着童贞依然没有还给他酒的意思，反倒拿着酒去了外屋。

礼仁孝一人站在里屋喘了口气，然后大概扫了几眼屋内。这房子也没有什么特别之处，进门来一间，左右各一间。只是这右面的一间正面墙壁上只挂着一个挺大的毛主席像特别显眼，毛主席像的下方摆着一个较大的办公桌，两侧各有一个书柜。办公桌上摆了不少报纸，还有一些什么材料之类的东西。这时礼仁孝注意到，在办公桌上的台灯旁摆有一个小相框，相框里照片上一男一女两个中年人坐在前面，后面只站着一个十几岁的小嫚。礼仁孝看得出那是童贞。但让礼仁孝奇怪的是，照片上的童贞怎么会穿着一身像少数民族的衣服？

童贞身穿的那衣服怪怪的，礼仁孝第一次看到，这让他感到十分诧异。这时礼仁孝心中有点犯嘀咕："怎么她家就一个孩子？她为什么会穿着那样一身衣服？"然而更让他感到奇怪的是在相框旁边的一叠材料上放有一颗步枪子弹。那子弹金色光亮，显然是子弹的主人经常擦拭它，或是经常把玩，这更引起了他对她家的猜测，甚至是怀疑。这时童贞端着一杯水进屋了，她见礼仁孝在看照片，上前主动介绍说："这是我们家的全家福。"说着指着照片上前排的两个人说："这是我爸爸，这是我妈妈。"她又指着后排的那个人说："这个是我。"介绍完见礼仁孝还是愣在那里，童贞抬头看了看墙上的挂钟，又说："爸爸、妈妈都在县里上班，快下班了。"

童贞这话提醒了礼仁孝，也即刻赶走了他的好奇心。想到时间已经不早了，他又抬头看了一眼墙上的挂钟已五点了，这才意识到天已见黑了，急忙放下刚刚从童贞手中接过的水杯转身走了出去，来到外屋他见放在灶台上的两瓶酒拿起来就向屋外跑去了。

"礼仁孝，你等等。"见礼仁孝跑了，童贞急忙喊他。礼仁孝只是回头说了一句："我该走了。"说完便匆匆离开了童贞的家跑走了。

礼仁孝匆忙离开了，不知为什么一股异样的失落与酸楚袭上了童贞的心头。望着礼仁孝的身影渐渐消失在刚刚降临的夜色里，童贞在门前一直站立了很长时间。

夜色弥漫得很快，只一会儿过后，天就完全黑了。童贞还站在那里，也许是在等半年未见面的爸爸妈妈；或许是还在想着刚刚匆匆离去的礼仁孝。如果是在想礼仁孝，她能原谅他的无知或无情吗？她刚刚燃起的少女的爱情火花能燃烧起希望吗？反过来想，礼仁孝能知道这是爱情的萌动吗？他敢去触碰这爱情的火花吗？

天　缘

匆匆忙忙离开了童贞的家，礼仁孝背着书包，手里提着那两瓶酒，踏上了回家的夜路。

夜色对于他来说真的不陌生，从出生到读中学前，他一直都是在煤油灯和蜡烛的光明中度过的。眼下的这条路他已经很熟悉了，读初中和高中时不知一个人走过了多少次。

天色已黑了，礼仁孝离开县城匆忙踏上了回霸王崮的路。由于担心天色越来越黑，他没敢走小路，而是沿着大路走去。

谁知，他还没走多远，只见前面的路上停着一辆牛车。来到车前，他看到是一对中年夫妇，那男人正在修车，一问得知牛车坏了。礼仁孝主动上前说："我帮你们修吧，快点修好，不然你们什么时候才能回家。"说着便帮着干了起来。

一边修车，礼仁孝与那夫妇聊了起来："你们是哪个村的？""无儿崮的，"那男人回答说。

"小伙子，你是哪个村的？"那男人反问道。

"我家是霸王崮的，"礼仁孝回答。

听了礼仁孝的话，那男人又问："小伙子，你怎么一个人走夜路？"

他回答说："我在雾城读大学，放假回家。因为雾城到咱这一天就一班客车,傍晚才到,所以只能赶夜路。"

"哎,这年头谁都不容易啊。"听了礼仁孝的话,那男人叹了口气说。

说到这,礼仁孝问那男人:"你们到县城做什么?"那男人告诉他:"这不家里还有三个孩子,老大才十五岁,粮食不够吃,家里还有二百斤小麦,拿到城里去换了点地瓜干,一斤小麦能换五斤地瓜干,这样就能吃到来年夏粮下来。"

一边说着,那女人说了:"小伙子,你家还有百十里路,赶快走吧。"

"不急,天亮就到家了。"礼仁孝说着,打量了一下那女人,只见那女人个子矮小,走路时脚好像有点儿点脚。

"不行,不行,你快赶路,别让你娘担心,我们自己能行……"

尽管那女人一再催促,礼仁孝还是坚持帮助把车修好了才离开。那夫妇一再谢他,告别离去,礼仁孝还听到那女人在说:"真是个热心肠的小伙子,以后准能找上个好媳妇。"

礼仁孝年轻,眨眼的工夫便消失在了夜色里。

天快亮时,礼仁孝终于回到了霸王崮。这次回家与其说是回来过年,倒不如说是同前段时间回来一样,最为主要的还是参加祭祠。这一活动他必须参加,若不赶回来参加,将被族人认为是大逆不道,无祖不孝的逆子。他自小就记得,老辈人骂人最狠、最绝情的话就是:你这个野种,或是你这个杂种、狗杂种之类的话。野种意指伤风败俗,大逆不道之人;杂种意指辱没祖宗,不忠不孝之人。孰不知,50 年后,野种、杂种似乎成为了一种"时尚"或"荣耀",作为一个过来的老人,他不能理解,如果在黄

天缘

土地上随处可见野种、杂种就是与世界接轨吗？

年关就要到了，腊月二十八的那天晚上，天下起了雪，这雪越下越大，在礼仁孝的记忆里是从来没有的。

大雪让霸王崮上的人始料不及，大雪不仅仅阻障了崮上人的户外劳作，使大部分人家饲养的牲畜都被大雪掩埋了，更危险的是有几户人家的房子被大雪压塌有人受了伤。面对这突如其来的灾难，崮上人纷纷开展自救。然而，崮上人凭自己的力量救灾已力不从心，无奈只好派人送信给乡里，崮上人在焦急地等待着外界的救援。

中午过后，崮上有人远远看到崮下的乡间公路上有两辆卡车在向霸王崮的方向缓缓驶来，崮上人判断那一定是乡里和县里派人来了，人们奔走相告，他们有救了。

天快黑时，那两辆解放牌卡车才终于来到了崮下。由于通向崮上的坡道太陡峭又被大雪掩埋，那两辆卡车只能停在了崮下，随后车上下来一些人朝崮上艰难地走来。

通往崮顶陡峭的坡道，崮上人从祖上开始一直称为"天道"，这是崮下通向崮上唯一的一条路。

这些人正是县里派来救援的，当这些人连走带爬来到霸王崮时已是掌灯时分了。这些人一到崮上顾不上喝水就投入到了抢险救灾之中，抬伤员，救牲畜。就在紧张的抢险救灾中，人们发现有一个大嫚在一旁帮人忙前忙后。这大嫚一边忙活着，一边在夜幕里不停地向崮上人打听："你们认识礼仁孝吗？他家在哪儿，礼仁孝家在哪儿……"

崮上人很是奇怪，人们不禁疑问："这嫚认识礼仁孝吗？她为什么要找礼仁孝？她是谁？"

崮上人家住得并不十分集中，只有李氏族人相对集中在"小宗祠"前顺地势向下延伸的坡地上，而还有一些其他姓氏的人家则分散地居住在周边。经过县里派来的几十人帮助抢险救灾，崮上近百户人家的生活秩序渐渐地稳定了下来。

  一夜紧张过后，天已放亮了，这时在一个40多岁像领导的人的带领下，有十几个人开始逐家逐户地问寒问暖。当走完了几户人家后，那位像领导的人对陪同的村长说："崮上不是有一个李姓小宗祠吗，带我们一块去看一看吧。"

  听了这话村长顺手指着崮上的西坡说："那就是李家的宗祠，不太大，就建在那里。"一边说着，一边带上这伙人向李氏小宗祠走去。

  "小宗祠"离李氏村落不足百米，当这伙人走来时看到通往"小宗祠"的路已被清扫了出来，来到"小宗祠"进到祠院，只见有十几个人还在清理院内祠堂前厚厚的积雪。来到祠堂前，祠堂里走出来了一位长者，还没等那长者开口，村长先介绍说："这是县里的童县长……"听了这话，那长者不禁一愣，接着恭敬地鞠躬施礼，口中连说："县长大人大驾光临，实乃我李家荣幸，不胜感谢……"

  听到说是县长来到了宗祠，堂前清扫积雪的众人全都停下了手里的活，几乎是同时施以躬礼。那童县长看到眼前这举动很是惊诧，这时村长忙向县长介绍说："这位是李家的族爷。"听了介绍，县长主动上前与那长者握手。随后在那长者的引导下，在积雪中众人的注目下，童县长与同行人一边不断向族人打招呼，一边同大伙走进了祠堂。

  这祠堂规模虽然不大，建筑也比较简单，但走进院落依然能

天缘

让人感觉到那种强烈的庄严肃穆的氛围。当童县长走进了祠堂看到壁上的巨幅壁画时，他很是振奋。童县长不敢枉自评论，之后注意到了那供祭的老子的塑像，还有祭坛上的那个水钵。

就在童县长与行人看完祠堂刚走出门外，只见一直在打听礼仁孝的那个大嫚急匆匆地从院外跑了进来，她身后还跟着一个小伙子。来到童县长跟前，那姑娘气喘吁吁地喊道："爸爸，你怎么到这儿来了？"听那姑娘喊童县长爸爸，在场的人都吃惊不小。

"我怎么就不能来？你忘了吗，我以前曾对你说过霸王崮上有一族百姓用水钵祭祖吗？这是我们民族传统的一种体现形式，难道我就不应该来实地看一看，学一学吗？"见众人都愣在那儿，童县长对大家说这话似在说给自己，又似在说给同行的人，听了县长的话，大家都笑了。

抢险救灾进行得很顺利，见大家的脸上都透出了喜悦的笑容，童县长这才对大家说："对不起，我忘了介绍了，这是我的女儿，叫童贞。"说着他拉过童贞对大家说："她在雾城读大学，放寒假回来了。听说我要来霸王崮，她说从来没有来过这里，死活要跟我来救灾，反正在家也没事，来参加救灾是好事，我就带她来了。这也好，可以让她体验一下崮上群众生活的艰辛，我们都不能忘本……也不应该忘本。"童县长刚说完这些，童贞上前拉住爸爸小声地说："爸爸，我给你介绍一个人。"说着她冲着还站在雪地里跟她一块跑来的那个小伙子喊道："你过来。"

那个小伙子正是礼仁孝，见童贞在喊他，礼仁孝有点怯生生地向前走了几步行了一个躬礼。这时只听童贞对童县长说："爸爸，他就是礼仁孝。"看来童贞早就对爸爸说过礼仁孝这个人了，可童县长还是有些吃惊地问道："怎么，他真的是霸王崮人。"

"是啊，他就是霸王崮人啊。"童贞笑着回答。

童县长好像明白了什么，他笑着说了一句："鬼丫头，怪不得你一定要跟我来，原来你是担心同学要来看他啊。"童贞与爸爸的对话礼仁孝都听到了，可他还是木然地站在原地未动一步，他心里在想：她爸爸怎么会是县长？

就在童县长要招呼礼仁孝再走近一些时，童贞又说话了。她似乎是在用撒娇的口气恳求说："爸爸，一会儿他们要在这儿搞祭祠，你继续你的访贫问苦，我留在这儿看他们的祭祠活动好吗？你不说这是传统吗，我也应该学一学啊，你走时别忘了叫我就行了。"

听了女儿的话，童县长只是点了点头，又小声对女儿说了几句。随后，童县长转回身没再说什么，他们一行人又在祠院看了看便离开了小宗祠。一行人离开后，童贞跟上礼仁孝一起帮助清理祠院里的积雪，就在清理积雪中，童贞不时发出爽朗的笑声引来族人们异样的关注。

县太爷家的千金大小姐从县城赶来看礼仁孝，还要参加祭祠，这是咋回事？霸王崮李氏宗族真的能飞来金凤凰，这是今年祭祠的吉祥兆头吗？

祭 祠

　　童贞的举动令在场的族人惊诧、好奇，甚至是猜疑。

　　刚刚发生的一切，碍于县长在场，众人谁也不敢问什么和说什么。其实在童县长走之前，人们已经感觉到，县长已注意到了大家的表情，对此县长脸上一时间也现出了一点极为微妙的变化。但旁边的人一时难以看出，他对女儿的做法是想嗔怪，还是想赞许？临离开时，有人在一旁听到童县长低声嘱咐童贞说："好不容易来这里，我同意你这一回。不过你要遵守人家的规矩，绝不能惹出什么事来。"

　　童县长对女儿说的话虽然声音很轻，但语气是坚定的。说完这些后，童县长依然十分礼貌地转而拱手抱拳对族人大声说："不打扰你们了，祝你们新春愉快，幸福安康！"

　　童县长一行人离开了，当他经过礼仁孝面前时并没说话，只是冲他微笑着轻轻地点了点头，随后带领一行人走出了祠院。

　　留在祠院里的人继续清扫积雪，这时更多的族人陆陆续续地来到了祠院。

　　祠内的人越来越多，有人开始布置起祭祠的场地，因为祭祠活动一直延续着"家盛馔祭祖先"的传统形式，所以是有规定的程序的。

祠内祭台分三层，老子像在上，二层是水钵，水钵前的最下一层设祖先灵位。祭台前是祭案，上面陈设香炉，两侧摆放着蜡烛，并摆有供品：猪头、馒头、水果一应俱全。其中最显眼的当属一盘紫红色的李子摆设在祭品的中间。对于这些，礼仁孝十分熟悉，他知道祭祠活动包含着接神、安座、报魂、净宅等内容。

祭祠活动开始前，族内各户在家中长者的带领下依次整齐排列在祠堂前恭敬站立，男人在前，女人在后。这时礼仁孝已归家内站立其中，而童贞只能作为旁观者远远地站在后面观看。

上午十时，祭祠活动开始了，童贞看到族人执事者宣："李氏族亲祭祠开始。"

这话音刚落，那族人长者随宣读祭文："李氏族人祭祖先，旨在教人诚、信、忠、敬、爱如已，视死如生，情至厚也。人心厚方能继孝思，笃人伦、醇风俗，进而隆国远，开太平；是为令我中华文化复兴光大，普照大千世界；一切众生之类，咸得和平安乐，福慧自在之基始也。祭祠公业陈台硕宗旨在令我李氏族宗，人人得以追往古，继孝思；以至情内固核心，外结民情暨为我中华民族同胞散爱祖先之心有所归依，是其恩泽所及，上至李姓宗祖，下及万代子孙。始祖曰：其功德无量，不可称，无有边，乃至算数譬喻所不能及。"

最后宣："祈求祖先护佑。"

读毕，那长者转身面向祖先灵位下跪叩拜，身后众族人均下跪叩拜。

叩拜毕，族人长者与众人均起身。这时那长者一人来到祖先灵位前再跪，并随将祭文放于纸盆中焚烧。

祭文焚烧毕，又有执事者二人，一人奉香，一人把樽酌酒分

祭祠

别立于族人长者左右。族人长者先接香祭祖先灵位上香进爵，再酌酒于天地，将爵返于执事者后，那族人长者又立身行三叩礼。

这一切毕，一执事者又宣："李氏族亲祭天。"

那族人长者又宣祭文："我李氏族亲祭天，天者天理也，有事必有理。祭天旨在教民即事以明其法尔自然之理也。天理明则良知现，良知现则道义生，心生道义，行顺理智，此祭天之本义也。"

最后宣："祈苍天风调雨顺，庇我族亲五谷丰登、六畜兴旺，生生不息。"

宣祭文毕，同样有执事者二人，一人奉香，一人把樽酌酒，族人皆跪，这时长者面对上天手持香朝天三拜，而后再将樽酒洒于地。

这一切毕，众人起身，那执事者又宣："李氏族亲祭诸神。"

那族人长者又宣读祭文："诸神乃万物之主也，我族亲祭之旨在教民散事爱物，以修善心善身。祭地神、山神、海神、树神、花神、五壳神诸神，教化我族亲物尽其用，货畅其流，勤俭之道，从此生矣。"

又宣祭文毕，那执事者二人，又一人奉香，一人把樽酌酒，族人又皆跪，长者低头谢地，继而又面对远处山峦、树木持香拱手三拜，而后也将酒抛洒于地。

祭诸神毕，族人均起身。

三祭皆毕，族姓按辈分尊卑依序先后进入祠堂内对祖先灵位进香、跪拜。

众族人进入祠堂内跪拜时，立于祭案两侧的执事者均依次口中喊道："跪拜，兴；跪拜，兴……"

这一切都进行完毕,祭祀活动结束,众族人纷纷走出祠院回到村落,但这些族人并未各自回家,而是一同来到了族人长者的家中。此时,长者家的院落门楣已贴好春联,屋檐下悬挂着红灯笼,院内也已摆好桌椅。当众人进来院落后,同样按辈分尊卑男人依次入座。此乃正席,而女人不得入正席,均进入厢房入内席。

虽然大雪覆盖了霸王岗,但气温并不是很低,这正如老人所说:"雪一不冷,雪二寒。"但无论寒冷与否,祖上的规矩不能改,就在众人都已落座安好,只见有三执事从屋内搬来一棵一人高的树桩立于了坐席的前首。

礼仁孝的座位在座席的后面,由于女人不得入正席,虽说童贞是远来的客人,同样不能破坏族规。无奈礼仁孝暂时没去入座,只好站在后面陪着童贞看着眼前这一切。当那树桩搬来时,礼仁孝低声告诉童贞:"那是我们李氏宗族的树灯,是用一根枯死的李子树桩做的,就是把树桩上部的树心挖空了一些,里面盛上了煤油……"

就在礼仁孝对童贞说这些时,只听一执事者高声喊道:"掌灯!"

执事者话音刚落,族人同时起立,这时见从堂屋内走来一手持火把的男童,那男童来到树桩前,族人长者来到男童前弯腰抱起那男童,随后让那男童点燃了树桩内的灯捻和煤油,那树灯真是犹如一盏明灯,顿时火焰升腾,在一片白雪皑皑之中大放光芒。

树灯点燃,众族人齐口同声高呼:"祖宗恩德,香火不息,兴、兴、兴!"

祭祠

呼声毕，众族人重新落座。

霸王崮雄立群崮之中，此时银装素裹，分外妖娆；庭院内树灯熊熊燃烧，火红火红的光亮跳跃在白色的时空中；席间人丁兴旺，天、地、人和，其乐融融，好一派天下不凡人家。

掌灯仪式结束，有人来请童贞进厢房入屋内女席。童贞去了，礼仁孝坐回了自己的位置上。族席开始，顿时鞭炮齐鸣，霸王崮一下子沸腾了。

厢房屋内的女席，童贞被让到了上座。听着屋外的鞭炮声，望着屋内席间的族亲众女人，童贞感到十分的尴尬。一时间她不知所措，心里在反复地问自己："我是什么人，为什么要来参加李氏宗族这祭祀？"

媒 妁

族席还在进行，童贞觉得自己无名无分有些不自在，她在女席只坐了一会儿，便走出厢房去找礼仁孝。他俩先行离开了，来到岗上的"天道"口，在那里等县里的人。县里的人还没来，他俩来到了岗口的一棵奇树下。

这棵树说奇，是因为一棵十分古老高大的柳树生长在了一块巨石中间。童贞十分好奇："这大树怎么会长在巨石的缝隙中？"见童贞在不停地抚摸着树干，嘴里一直在重复着那句话，礼仁孝便向她讲述了岗上世世代代流传着的一个关于这树的凄美动人的传说。

很久很久以前，这里的山区有一对青年男女，男的叫周山，女的叫阿柳，他们两小无猜、青梅竹马。就在他俩男婚女嫁的那年，方圆数百里遭遇百年罕见大旱，按照当地习俗，要由一对未婚男女带上百家谷，登上霸王岗拜天求雨，勇敢的周山、阿柳主动担当起了这份重任。

在岗顶一块巨石上，他俩白天顶着似火骄阳，晚上共度恐怖黑夜，整整熬了七天七夜拜天祈雨。第八天清晨，突然电闪雷鸣，霎时间倾盆大雨真的从天而降惠泽了干涸的土地。淋着这期盼已久的喜雨，周山、阿柳高兴地紧紧地拥抱在了一起。就在这时突然一道闪电击中了他俩脚下的这一块巨石,危急时刻周山把阿柳推到了一边,而他自己却随着巨石的开裂不见了踪影。阿柳和乡亲们寻找周山,呼唤他的名字,可始终不见周山的影子,只见那巨石只是开裂了一道缝隙却依然静静地矗立在那里。这时阿柳突然明白了,为了这场甘霖,她心爱的人已献出了自己的生命,被上天造化成了巨石。

此后,阿柳每天都来陪伴巨石,陪伴周山,直到有一天爹娘见阿柳没有回家前来找她时,只见巨石缝中突然长出了一株亭亭玉立、婀娜多姿的小柳树,树枝上阿柳头上扎的那根红头绳在随风舞动。乡亲们都来了,大伙看到石与树我中有你,你中有我,大伙知道阿柳和周山终于结合在一起了,这棵树也从此成了崮上青年男女爱情的象征。

听了礼仁孝讲述的动人故事,童贞感叹:有情人终成眷属,奇石抱奇树,奇缘有奇说。就在童贞默默地注视着礼仁孝时,他俩同时听到从远处传来了一阵男性粗犷爽朗、女性凄婉悠扬的歌声,这歌声随着阵阵小锣清脆的点奏越唱越响,越来越近。礼仁孝告诉童贞:"这歌在当地叫'拉魂腔',崮上一直有这样的说法:拉魂腔一来,跑掉了布鞋;拉魂腔一走,睡倒了十九。"

今天,崮上人又唱起了"拉魂腔",礼仁孝知道这是乡亲们感恩政府的救灾救难,一定是在为童县长一行人送行。

童县长一行人走了,童贞也匆忙地走了。童贞临走时与礼仁孝约定返校时一起回雾城。人们都走了,礼仁孝一直站在崮上"天道"尽头的雪地里目送县上的人渐渐远去,目送童贞渐渐远去。

这一年的春节,崮上人家依然延续着自己的风俗和传说追赶着岁月。

刚刚过去的一年,是"大跃进"的火红年代。那是一个让过去的一代人刻骨铭心的年代,新生的共和国一穷二白,百废待兴。国家钢铁产量低下,工业发展缺脊梁骨;粮食匮乏,人民群众饥不饱腹。人民共和国何去何从?

自力更生,艰苦奋斗,节约每一粒粮食,这是人民的回答。因此,"鼓足干劲,力争上游,多快好省地建设社会主义",成了那个时代的最强音。

礼仁孝虽然离开霸王崮仅有半年多的时间,可他这次回来却知道了崮上发生了许多的新鲜事,这让他觉得霸王崮也开始变了。

过去的一年,"大跃进"的风潮并没有强烈地冲击到霸王崮这个世外桃源。由于远离县城,远离乡里,加之崮外少有人进崮,崮上人也少有人出崮,所以崮上人家在"大跃进"的风潮中仍然是把目光盯在了脚下的这块土地上。

如今,崮上已有近百户人家,人口已有五六百人。过年期间在家聊天时,父亲告诉礼仁孝:"自去年秋收后,崮上人家在村长的组织下,男女老幼齐上阵,也开始了深翻地的运动,为了保口粮,村上决定来年要多种地瓜和玉米,少种花生增产粮食。为了能使农作物旱涝保收,有人提议应该在崮上修一个自己的小水库,这一提议得到了大家的赞同,最后选址定在村落东向的一处低洼地,那里几乎是霸王崮的中心点。"

听过了这些事,礼仁孝在家闲着无聊,一天早上便让父亲带着他到坡上转悠去了。来到一处坡地上,父亲告诉他:"坡上不仅原来已种植的地都被翻了一遍,而且还开垦出了一些新地。"

父亲说这些时，指着晨雾缭绕的坡地很是高兴。顺着父亲的指点，礼仁孝看到虽然有几处坡顶的树木被砍去了，可李家那块李子园还在。看到这些，父亲又对他说起了不知说过了多少回的老话："地是庄稼人的根，粮食是庄稼人的命，到什么时候都不能忘了这个根本。"

他和父亲来到了一处坡顶，父亲指着入冬前修好的小水库对他说："你看，一开春这雪化了，雪水就全都流进了水库里，夏天的雨水也都会流进来，霸王崮只要有了粮食和水，就不怕天灾人祸……"

父亲说到水，让礼仁孝一时间想到了淡水资源匮乏的雾城，想到了由于缺水而尴尬的雾城市民，想到了鲁海学院干渴的学子。

他们父子俩踏着厚厚的积雪边走边聊，可以看出父亲在得意的情绪中享受着田园生活的情趣。这时礼仁孝猜想到，父亲心里一定是在憧憬着他心中不太远的未来。然而，此时此地，他们父子俩绝不会想到，一个饥饿的幽灵已经开始在华夏的大地上徘徊。

在回家的路上，父亲突然想到了什么，随后有点神秘地对他说："就在修水库时，有人在地里挖出了一些破碎的瓦片，还有两个三角形像古代弓箭头的铁块块。"父亲的这话，礼仁孝并未听进心里去。

崮上李氏宗族一年中对中元、冬至和除夕这三个日子极为重视，而对正月十五日这天相对前三日要淡得多。就在这一天的晚上，适逢族内一家新添的男丁满月，礼仁孝父子被邀去喝满月酒。

礼仁孝知道，这也是一种传统习俗。谁家生下男孩满月的这一天，一定要在家门前鸣放鞭炮，以示庆贺。

族内还有规矩，孩子出生三天、九天、周月（俗称满月）、周岁，都要在家里摆宴敬祀"床母"。若头胎是男孩，出生第十四天还要向娘家"报生"。孩子临近满月前，要择日给孩子理发，同时给亲朋好友分送外壳涂红的鸡蛋。满月这天，要宴请娘家的女眷，称请"送庚"。这一天要首次给孩子吃鱼吃肉"开荤"，同时在孩子手腕处扎稻草，免其长大后好打架和偷盗；给孩子项上挂一串饼，以示可以收涎；抱孩子钻桌底，以求增长胆量；还要剪指甲，以求心灵手巧。

当孩子周岁时，要举行"度岁"仪式，让孩子坐在大簸箕里，面前摆上算盘、书本、大葱、木柴等，让孩子随意抓取，以此预测孩子的兴趣，推测孩子的前程。

每年端午节那天中午，还要以五彩绿线给孩子"扎手尾"；七月七日称"七娘妈"生日，这一天要把系在孩子手腕上的七彩线剪下烧掉。此外，男孩首次回外婆家时，额头要涂黑锅灰，返回时改涂红丹。

礼仁孝陪父亲去吃满月酒了。族亲家孩子的满月酒在如酣地进行着，礼仁孝不会喝酒自然对这样的事也就不感兴趣。但是碍于情面和父亲在场，他只能耐着性子陪着，席间见父亲与人推杯换盏，他不时地提醒父亲不要喝醉了。

满月酒终于结束了。礼仁孝搀扶着父亲踏着夜色回家，就在快要到家时，也许是看到人家有孙子引起了父亲的联想，也许是借着酒劲的兴奋，父亲突然对礼仁孝说："明天是正月十六，是个好日子，回家我跟你娘说，给你把亲事订了！"

媒妁

这事是礼仁孝一点都没有想到的。父亲的话犹如晴天霹雳，一时间几乎让礼仁孝灵魂出窍，他万万没有想到，父亲怎么会突然说出这样的话，他知道父亲说出的话就等于是做出的决定。

礼仁孝隐约记得，还是在他接到大学录取通知书后的一天，坡下一曹姓人家曾前来提亲，父亲也曾对他说过这事，当时他只是推脱地回答说："不着急，我刚上大学，以后再说吧。"打这以后，他就把这事给忘了个干干净净。

酒后的父亲并不在意他此时的感受，借着酒劲兴奋地继续对他说："别人家的儿子十八九就结婚生子了，你20多了还在上学，我要等到什么时候？再说，曹家大嫚人老实，孝顺父母，还能干活，坡上地下，养猪喂鸡，挑水做饭样样都在行……"

父命不能违，礼仁孝不记得刚才的席间父亲是如何同人说起他的婚事，但此时还是侥幸地想父亲也许是在说醉话，千万不能顶嘴。礼仁孝一边听着，一边镇静着自己的情绪，又一边把父亲扶回了家。回到家里，礼仁孝去睡了，父亲同母亲还说了些什么，他全然不去理会。

第二天早上，还在睡梦中的礼仁孝被母亲叫醒了，母亲告诉他："你爸说好了，今天给你定亲。"

媒妁之言，父母之命。母亲的话让礼仁孝又一次犹如五雷轰顶，父亲的酒话还成了真事，母亲对儿子说了这话后，知道儿子很是不情愿，但只能说了一些无奈的话来宽慰儿子。母亲的话让礼仁孝感到被重重地打了一闷棍。看着无奈中的母亲，他一把拽过被子蒙在了头上，在被窝里他哭了。

此时，童贞正在家中找出了母亲送给她的那套"少数民族"的服饰穿在了身上，她照着镜子在欣赏着自己。其实，那并不是少数民族的服饰,而是闽南惠女的服饰。童贞的妈妈是闽南惠女,妈妈曾告诉过她:"正是这特别的服饰,体现了惠女吃苦耐劳、忍辱负重和忠厚守贞的品德而在闽南地区广为人们所称赞,这是一种女人的骄傲。"

惠女的骄傲源于天性的痴情,这种痴情无不令男人感动至深,而其余香让人回味无穷。

霸王崮,礼仁孝订婚了。

对于礼仁孝订婚,童贞一点也不知道,她已沉浸在了一种属于自己的美好的憧憬之中。

殊 途

几天后,礼仁孝无精打采地提前离开家返校了。

他失约了,没有以任何方式通知童贞,一个人乘长途客车返回了雾城。

在长途客车上,他独自坐在最后一排的座位边上,倚着座位一直在昏昏欲睡。他实际上睡不着,脑海里不断地浮现出这个假期里所发生的一切,想忘掉却无论如何也赶不走。

就在喝完族亲家孩子满月酒的那个晚上,回到家后父亲便把第二天给他定亲的事一一做了安排。礼仁孝在自己的屋里睡着了,对于父亲的安排他全然不知,其实就是知道了也别无选择。

父亲做的第一件事就是把他的生辰八字写在纸上,叫媒人送去女方家,同时要来女方家大嫚的生辰八字。然后两家分别把男女双方生辰八字置于自家厅堂的神位下,这俗称"压圆"。

第二件事,是给那曹家大嫚起名字。那姑娘还没有名字,家人一直喊她曹家大嫚。大嫚年长礼仁孝三岁,父亲说:"女大三,抱金砖,意味着日后生活富足,年年有余,这蛮好的。"又说:"现在是新社会了,大嫚过门后不能再叫李曹氏了,我和嫚他爹已商量过了,以后嫚的名字就叫曹糠,这样的媳妇好养活。"

第三件事,父亲分派族人帮助摊第二天作为聘礼的煎饼。把煎饼作为聘礼是李氏族人入乡随俗后逐渐演变并传承下来的习俗。定亲时,男方家除了要给女方家象征性地送些钱财外,最主要的就是送煎饼,煎饼即是信物,又是彩礼。煎饼分为四份,称"四床"。每床均用十斤玉米磨面摊成。女方家收到后要退回半床,称"女婿饼",之后由男方家将此半床煎饼分送亲友。

当地这煎饼的摊制方法始于何时无从考究,但却一直流传着这样一个美丽的传说。相传很久很久以前,这一带的一座山下住着一个乐善好施的秀才,因为时常施舍穷人而得罪了恶霸被关进大牢。恶霸放出话:"七七四十九天,不许任何人给秀才送饭,只准家人送笔墨纸张给他,让秀才写悔过书。"

秀才在牢里备受煎熬。三天后的那个夜里,秀才的妻子在睡梦中得到仙人指点,她立马起床连夜按照仙人指点的方法开始摊煎饼。天亮后,秀才的妻子拿上卷了大葱的煎饼,提上装了豆酱的罐子去了大牢。看守大牢的家丁误以为煎饼是纸,大葱是笔,豆酱是墨,没有过多地盘问就放行了。49天过后,那恶霸见秀才没被饿死,认为他一定是仙人,就把秀才放了。煎饼救了那秀才的命,秀才的妻子为了报答仙人的恩德,便把梦中学来的摊煎饼的方法传给了四邻八舍。此后一传十,十传百,摊煎饼的方法便在乡间传开了。

一路颠簸,一路纠结,礼仁孝回到了雾城,回到了学校。当童贞和他约定的日子到了,一大早童贞就来了长途车站等礼仁孝。左等不来,右等不来,直至发车也不见礼仁孝的踪影,童贞只能失望而又十分生气地一人上了开往雾城的汽车。

回到学校,童贞得知礼仁孝两天前已返校了,可他却一直躲着童贞。她很是生气,主动找到了礼仁孝,她质问他:"你为什么要失约？"礼仁孝不做任何解释，他已决定从此远离她。

不论处在什么年代，出于什么因由，这种始于好奇、好感而生的少男少女之情的分离都是一种痛苦。对于这种痛苦，礼仁孝知道自己必须承受，而对于童贞却是不公平的，但他无能为力。

开学了，礼仁孝每天都会见到童贞，都要面对童贞，坐在一个教室里，他与她却要形同路人。

两个月过去了，每天上课时礼仁孝抬头看黑板，下课后一人低头独行。童贞终于忍不住了，一天晚自习时，童贞走到礼仁孝的课桌旁扔给了他一张纸条。礼仁孝拿过纸条一看，上面写着一句话："礼仁孝，你是一个无情无义的小人。"

看到这样的话，礼仁孝无法用语言道出自己此时的心情。几天后，他终于有了举动，他同样给童贞回了一封信：

童贞：

我应该向你道歉，说对不起是远远不够的，因为这没有任何意义。我不得不告诉你，我们的相遇、相识不是缘分，只能是殊途。

你我从义城来到雾城从师海洋，而海洋并非如陆地那样安稳、循规蹈矩。我觉得在海洋面前，那些风花雪月、花前月下，只能是流光碎影，逝者如斯。对于我已决定选择海洋为业，所以只能经过大海的洗礼，才能滤掉红尘中浮华的虚影，沉淀下一个真男人的德性。

你说我是一个小人，只要你说了，我就是一个"小人"。

……

一个学期很快就过去了，放暑假，童贞一人独自回了义城，而礼仁孝则留在了学校。

夏天，雾城无愧于这座城市的绰号，海雾弥漫时，一连半个月都看不到太阳的笑脸。不断升腾的海雾犹如一个无形的大锅盖罩在城市的上空，气温骤然上升，这就是这座城市的桑拿天，让人们感到湿热难耐。每到这时，这座城市的海水浴场便成了市民们蜂拥而至的最好去处。

这一天，礼仁孝一人在宿舍里复习功课有些累了，再说天气也实在是太热，他找出游泳裤用报纸包好去了离学校并不远的前湾海水浴场。来到浴场找到学校的更衣室，他换好衣服就下海了。

礼仁孝虽说已学会了游泳，但游得并不太好。再说只有一个人，他不敢贸然游进深水区，只能在浅水区从浴场东侧向西侧的基岩海岸方向游去。当他游到左侧靠近岸边时，这里的岸边凸起了一片礁石。他靠近一块大礁石小心翼翼地爬了上去想休息一会儿。爬上礁石，他看到浴场的海水里人已经很多了，在浅水区游泳的人更多，犹如锅里煮饺子，密密匝匝，沸沸扬扬。

坐在礁石上休息了一会儿，他要下海往回游。一回到海里，他突然发现在礁石缝中有一只鲍鱼。如今，他已经知道鲍鱼不是鱼，只是海洋甲壳类动物中的一种。鲍鱼是单壳体贝类，捕捉时若不一下子抓起，受到惊扰的鲍鱼会用它的吸盘把身体牢牢地吸附在礁石上，若这样第二次无论如何也是抓不下来的。礼仁孝瞅准机会，一下子就把鲍鱼抓了上来，拿在手里他看到鲍鱼的肉体在往壳内收缩，而肉体外缘的吸盘在不停地蠕动，似乎是无奈而又无声的反抗。

看了一会儿，不知出于什么想法，礼仁孝把那无奈而又无声反抗的鲍鱼重新扔回了海里，然后向浴场中心的浅水区游了回去。

　　游回到浴场中心区上了沙滩,他有些累了,便走到海滩边上找了一个人少的地方躺了下来。他想晒晒太阳,可火辣辣的太阳把沙滩晒得滚烫,他索性起身用手把沙滩挖开了一道长沟,然后把身体顺势躺了进去,再用沙子把自己的身体掩埋了起来,只是把头露在了外面,随后闭上了眼睛。

　　刚洗过了海澡,又把身体埋进了沙里,礼仁孝的身心一时间得到了极大的放松。他又想起了上个学期前后一连发生的那些事,有些心烦意乱。想着想着,他突然想到了刚才抓到的那只鲍鱼。几天前他看过一份资料,资料上介绍说:"鲍鱼在海水中生存时活动范围很小。鲍鱼是体外受精,繁殖期时,一般在200平方米的范围内,雌、雄两性精子和卵子在海水中的受精几率以十万分之一计,可见一个新的鲍鱼生命的诞生将是何等的不易,又是何等的神奇。"

　　就在想着这些世上乱七八糟繁杂的事情时,迷迷糊糊中礼仁孝睡着了。也许是胯下的睾丸和那个小东西被热沙覆盖受到闷热的强烈刺激,昏睡中他做了一个梦。就是在这梦中,那个小东西坚挺过后,一种十分强烈的雄性快感在身体内迅速升腾,就在这快感升腾到极致时他惊恐地一下子醒了,他已二十好几了,知道刚才梦中是怎么一回事,虽然这是一个小伙子正常的生理反应,可他还是为自己感到羞耻。

　　就在这些刚刚发生过后,礼仁孝忽然间疑问:这是世界物质的不灭与轮回吗?这个地球上的生灵世界,动物是佼佼者,而人又是动物生灵的主宰者。然而,人较其他动物生灵最大的不同是什么?他自问自答:不同的不就是人有着鲜明的思想、情感和道义吗？这让他猛然间感悟到，爱而生情，而情有多种。因爱无果是友情，因爱结果是爱情。爱情之果衍生出亲情，亲情延续着人间的恩情。这也许就是祭祖的传统能得以传承的真谛。

礼仁孝刚才在昏睡的梦中梦到了什么，梦到了什么人，又发生了什么事情？这些只有他自己知道。然而，他更知道听命父母是不需要理由的。

一会儿过后，只见礼仁孝猛然从沙坑中翻身而起，然后疯了一般朝大海里冲去，又一头扎进了海水中。

讨 海

礼仁孝还是太嫩了,当他一头扎进海水里时,刚刚快感升腾过后的身体突然间受到温度低于体温的海水的强烈刺激,他一下子又从水中站了起来,身子一抖不由自主地打了个激灵。就在这时,他感到胯下那个小东西好像又一次勃起,转而瞬间就软掉了,并急速地缩进了体内,变得从来没有那么小,仅仅凸出了一点点。

他冷静了下来,这次意外的快感经历启示他有了充分的理由可以远离童贞,也可以让童贞主动地离他而去,还是那句话:"俺的娘,豁上了。"

暑假结束了,回家或离校的同学们都陆续返校了。自来雾城上学,礼仁孝给大多数同学留下的印象是沉静多思,活泼不足,严肃有余,说话办事是个有主见的人。他平时很少和其他男同学一起说笑嬉戏,那些男同学无事时免不了会在一起说天聊地,而他总是在一旁看书。一段时间过后,有同学说礼仁孝是一个书呆子,也有人说他并不是一个省油的灯。

礼仁孝知道,班上的同学大都是从农村来的,有几个性格开朗好动的男同学,时常星期六会聚在宿舍里喝点小酒。开学后的那个星期天,礼仁孝早上外出了,中午回来时买来了两瓶酒,他猜想那几个男同学一定会在宿舍里喝小酒,聊暑假回家的见闻。还真让他给猜着了,他一回到宿舍看到已有五六个男同学刚坐下要开喝,见礼仁孝提着酒进来,一个同学马上问道:"礼仁孝,你买酒干什么?"他笑着回答说:"看你们喝酒挺好玩的,我从小就不会喝酒,想跟你们学一学喝酒。"同学们一听这话,顿时都高兴了起来。大家连声说:"你终于开窍了,快来,快来吧。"随后又七嘴八舌地说:"不会喝酒还算个男人吗,毕业工作了怎么去讨海……"

礼仁孝见大伙招呼他便就势坐了下来,跟那几个人一起开始喝酒。他离家前几乎没有喝过酒,酒量确实也不行,几口酒下肚就感到头开始晕了起来。一两酒过后,他舌头大了说话开始有些不利索,听同学们漫无边际的瞎侃他只是在听。在那个年代,同学中父母包办婚姻的不足为奇,瞎侃中自然有同学就说到了暑假回家相对象的事。当有同学问礼仁孝时,他见机会来了,虽然头晕可还没喝醉,但他却装出醉态的样子说:"我这辈子是找不到媳妇了。"同学问:"为什么?"他有意散布地回答:"我有生理毛病。"听他这样说,同学更来劲了,更好奇地想知道是怎么一回事,这时他装作认真而又神秘地说:"我那个小东西不好用。"他的话引来在座同学们的一阵哄笑。这时有同学好像明白了似地说:"怪不得放假你不回家,原来你不行,找不到对象啊。"

此次酒后不长时间,礼仁孝有生理缺陷的事还真的在同学中悄悄地传开了。时间一长这事自然也传到了童贞的耳朵里,但她不相信这是真的,凭她与他相识和对他的了解和熟悉,她难以想象礼仁孝会是一个这样的人,她猜想他一定是在向她隐瞒着什么或是有什么难以启齿的麻烦事,才有意这样说出去的。

讨海

人就是这样，当想要得到的东西一旦要失去便会更想得到。童贞正是这样，为此她对礼仁孝很是生气，但又不能直面礼仁孝去问他这是怎么回事？此时，他们的关系只是同学啊。

从这以后，童贞更加关注礼仁孝，更想知道他究竟是个什么样的人，在他身上都发生了一些什么事？

童贞几次想接近礼仁孝，都被他避开了，转眼间寒假又要到了，这回童贞直接找到了礼仁孝不容分说地问道："寒假你终归要回家吧？"然后她不是征询而是异常坚定地告诉礼仁孝说："寒假回家时，我们一起走！"

几天后，在学生食堂吃过晚饭后，在返回教室上晚自习的路上，童贞又一次堵住了礼仁孝，她要确认同他一起回义城的时间。童贞的问话，礼仁孝好似没听见，不做任何回答，只是眼睛看着远处不直面童贞。童贞一连问了几遍见他还是不做声，真是有点急了。她突然委屈地说："礼仁孝，我不明白你为什么要这样对我？"让礼仁孝没想到的是童贞说这话时眼睛湿润了，随之哽咽了起来。

这回礼仁孝不知是害怕了，还是不忍心让童贞再这样下去，他这才对童贞说："因为要回去祭祠，寒假我会回家。不过离过年还早，我想乘船走一段海路到海州，然后再转车回义城。走海路虽然麻烦一点，可我想先体验一下出海的感觉，年前到家不会耽误祭祠，你还是自己走吧。"这次礼仁孝不想早回家去面对家里那烦心的事才这样做，想减少在家里待的时间。

听了礼仁孝的话，童贞还是不解，她又问他："你为什么要这样，有什么事不能跟我说吗？"

礼仁孝犹豫了一会儿，似乎鼓足了勇气伤感地对童贞说了一句:"童贞,我只想告诉你,我们只能是同学。"说完这话,他未加迟疑扭头走了。

放寒假了,礼仁孝没跟任何人打招呼,第二天早上独自来到海港码头登上了雾城开往海州的小海轮。

这是礼仁孝有生第一次坐海船,当小轮船离开码头驶出港湾,他看到冬天的西北风把海上的雾气荡涤得清清静静,空旷的大海在蓝天白云的辉映下,湛蓝的海水在阳光的照射下泛着晶莹的光亮,海面上海鸥飞翔,一群群不时地尾随着一艘艘航船盘旋在空中,看到这一切他的心绪被净化了许多。

谁知,当小轮船一驶出海湾,外海的风浪大了起来,这时小轮船就像一只破水瓢在波浪里一下子被抛上浪尖,又一下子被甩入波谷。船上有不少的乘客都开始晕船了,小海轮的客舱是一个通舱,没有座位,地板上铺的是草制凉席,大家都席地或坐或躺。一晕船,乘客们难受得已顾不了许多,也不管男女老少,顿时横七竖八地躺到了地板上。

小轮船摇晃得越来越厉害,船舱里没有了说笑,舱里的人死一般的沉寂中只能听到机器转动的噪声一阵阵刺耳地袭来。没过多久,有乘客开始呕吐了,随后呕吐物的气味混杂着机器燃烧柴油发出的油气味让人难以忍受。礼仁孝也开始晕船了,刚开始还能闭上眼睛努力控制着自己不呕吐出来。可过了一会儿,他还是坚持不住了。这时他头上开始冒出虚汗,腹腔内的压力也越来越大直往嗓子眼冲,他知道快坚持不住了,担心一呕吐会弄脏旁人,便一下子爬起来跑出舱外去了舷边,刚到舷边就"啊"的一声喷吐了出来,接着鼻涕眼泪也一齐流了下来。

吐完后,他不敢立马返回舱内,他忍受不了舱内那浑浊的气

讨海

味。站在舱外,海风吹着还好受一些,他紧紧抓住舷边栏杆倚在了那里。谁知只十几分钟过后,他又大口地吐了起来,吐了几口过后,他感到口中是苦苦的,再吐时他睁开了眼一看,自己吐出来的已不再是吃进肚子里的食物,而是一口口黄绿色的苦水,他知道这苦水一定是胆汁。

一路飘摇让他尝尽了苦头,他体会到了即便是陆上的高级动物,一旦到了海上也会变得如此渺小和无奈。然而让他更没想到的是,他觉得晕船怎么会比死了还要难受?当然,年轻的他这时还不会知道死是什么滋味。

天　问

礼仁孝还在甲板上呕吐着，就在这时天色忽然间阴暗了下来。他注意到西北方的天空中有一片乌云急速滚滚而来，像追赶他们的这艘船一样，一时间笼罩了海空，而后海面上大风乍起。就在海面上又一次翻起浪花时，只一会儿一道强烈的闪电肆无忌惮地划破天空的乌云直刺海面，跟着一个炸雷震耳欲聋，像要毁灭这天、这海、这船。

海上的雨就是这样，来时疾风骤雨，走时悄然而去，一阵雷雨过后，天又晴朗了起来，好像什么也没有发生过一样。这时依偎在舷边走廊里的礼仁孝肚子里实在是没有什么东西可吐了，他只好坚持着跌跌撞撞地回到舱里去，然后顺势无力地躺到了地板上，随后又紧闭双眼，迷迷糊糊地昏睡了过去。

实际上人在晕船时只能是一种昏睡，礼仁孝正是在晕船的迷迷糊糊的昏睡中又想到了那魂牵梦绕的霸王崮。晕船的人都是这样，都会急切地盼望船能早一点靠岸，想要尽快回到平稳扎实的陆地上的想法会十分强烈。当礼仁孝一想到霸王崮，那种对霸王崮的眷恋之情便又油然而生：那崮多好啊，坚如磐石，稳如泰山。

想到霸王崮，他想起了小时候听来的那个关于霸王崮的传

天问

说。那还是在远古时期，霸王崮这片土地也曾是一片汪洋大海，那个时候东海龙王的龟军师出主意要攻打离这不远处的蓬莱仙岛并企图据为己有，不料图谋被八仙识破而功败垂成，对此龟军师不服气便派龟儿龟孙时常上岸祸害百姓。八仙之一的铁拐李知道这事后十分生气，他拿来了一盘古棋子，压在了已逃回到海里的龟儿龟孙的背上，让它们永世不得上岸。当这里由海变成陆后，龟儿龟孙便变成了一座座崮基，一盘古棋子则变成了一座座崮，从那以后这里便有了群崮叠峦，这便是如今的鲁南七十二崮。

其实，这些崮的形成并不是传说的那样，而大海也不是礼仁孝以前心中想象的那个样子。就在回想这些时，不知不觉中他感到船的摇晃明显减轻了一些，心想船可能快到海州了，一定是距离岸边很近海上风浪小了。

礼仁孝，一个崮上人家的农家娃，当他走进了鲁海学院一年后，他知道了大海远比他祖祖辈辈生活的脚下的那块土地要大得多，要神秘莫测得多。那么，大海究竟是什么样？海洋又是什么样？

他记得上高中时曾读过屈原的诗，屈原在《天问》中提出："川谷何洿？东流不溢，孰知其故？"

当时礼仁孝认为，屈原这里问的是江河不断地流注，而东海为什么不会满溢？有谁知道其中的奥秘？上了鲁海学院学到了海洋知识，礼仁孝理解：这一疑问，实际上反映的不只是屈原个人以及与他同时代人们的疑问，而是远古时代遗留下来的一个悬而未决的"天问"！

应该说，礼仁孝的理解是对的。

不是吗？盘古开天，女娲造人，后羿射日，精卫填海……这是中华民族曾经的梦。后来,人类的科学给出了这样的答案:海洋是地球的主宰者,是最大的水资源库,是生命的摇篮。

但这时的礼仁孝还不会认识到,在海洋上,生命、伦理、感知、陆海、食物、天灾、人祸、远航、毁灭、涅槃,这些魔咒般的自然法则与链条一直禁锢着人类的演进过程。

但人类文明的历程却给出了这样的结论:向海而兴,是一个国家或一个民族繁衍、生息、兴旺和发达的必由之路。

中华民族文明史这样记载:15世纪前,中国人探索海洋曾领先于世界,从郑和航海开始让中国人寻找世界。然而,当进入到15世纪末,一个世界大航海时代悄无声息地拉开序幕时,中国人却全程缺席了。为此,西方人哥伦布、达·伽马、麦哲伦成为了世界航海地理大发现的三座丰碑。后来,欧洲一个叫马可·波罗的人以世界的名义寻找中国,从而开启了欧洲人的中国黄金梦。

正是大航海时代的地理大发现向世界宣告:人类从此将以全新的目光和思维模式来审视自己赖以生存的这颗蓝色星球。

近代以来,海洋赋予中华民族的只是蒙受西方列强欺凌的屈辱。正是因为知道了这些,海洋的魅力和蓝色文明开始吸引了礼仁孝。他逐渐认识到,海洋之水孕育了地球上的生命,生命的繁衍生息演绎了人类文明。从这个意义上来说,海洋不仅仅是生命之源,也应该是人类文明之源。对于已经过去了的历史,中华民族应该反省:中华民族可以逃避海洋,但无法逃避海洋对逃避者的惩罚,这是又一种天问。

这一天问,只有新中国给予了回答。当一个大学的海洋系变成了一所海洋大学,并以此传播海洋科学知识以求教化国民,这标志着中华民族已经迈开了走向海洋的巨人步伐。

天问

想到了这些,礼仁孝对海洋刚刚产生的兴趣,因晕船一时被扯回了霸王崮,而这霸王崮在远古时竟还与大海有关。就是在上学期,在一堂关于地球版块构造、陆海演进与中国版图地形地貌的成因课中,老师讲到:"中国版图的地形是西高东低,这是由于一次地壳变迁运动在喜马拉雅运动过后形成的。所以中国的河流都是由西向东流,最后流入大海。在中国的地貌中有五种类型极为特殊,这就是'丹霞地貌''张家界地貌''嶂石岩地貌''喀斯特地貌''岱崮地貌',而霸王崮正是这'岱崮地貌'的典型代表。"听老师讲到了这些,礼仁孝为生养自己的这块土地感到格外的自豪。

老师还讲道:"在数亿年前,鲁南地区还沉浸在汪洋大海之中。当地球的变迁进入到了中生代侏罗纪晚期的燕山运动和新生代第三纪的喜马拉雅运动过程中,由于地层沿着断层组的上下错动,形成了无数地垒式的断块山,又经过1.5亿年的风化剥蚀,逐步演变为崖壁峭立、山顶平坦的方形山崮。崮又叫方山,因为它地貌神奇独特,而被人们誉为'地之神秀、山之骄子'。"

海州终于到了,小海轮一靠上码头,礼仁孝便迫不及待地上了岸,他的手中依然提着两瓶酒。然而让他没有想到的是,船上的人还没下完,岸上已围上来许多衣衫不整的人,有男有女,有老有少,大包小裹都急不可待的争抢着要上船。他没有在意也没顾及这些,下了船后他直接朝着一辆开往义城的客车走去了。

这是一趟由海州开往义城的夜车,还有不足二百里的路程客车要开一夜,礼仁孝上了车便找了一个靠窗的位子坐下了。晕船晕得他已筋疲力尽,车一开他就靠着座位睡着了。

第二天天大亮时,汽车到了义城汽车站。礼仁孝一睁开眼睛,他同样看到了客车一停下,立刻又围上来了许多衣衫不整、拖家带口的人,这时他疑惑了。当他下车挤出了围上来的人群时,一抬头却发现在不远处,童贞穿着军大衣竟站在那里。她手里还拿着一个纸包,那是她给礼仁孝准备走夜路的干粮。

礼仁孝愣住了,看到他下了车童贞立即走了过来。当童贞来到礼仁孝面前时,他一时不知道该如何是好。只听童贞说:"我昨天晚上到家的,猜想你一定是坐这趟车。"显然,童贞已掌握了他的行程,她正是来等他的。

礼仁孝一时无语,只是眼睛直勾勾地盯着童贞。这时他突然感到,童贞真的很美,不仅是外表的端庄、清秀,更在于她内心的淳朴、善良和执著。见礼仁孝不说话,童贞问道:"你还要急于赶回家吗?"礼仁孝只是冲她点了点头。

就在童贞还要说什么时,只见一个中年妇女带着一个七八岁的男孩子来到了他俩面前,那妇女身材矮短,走路有点儿点脚。

当那妇女一边伸出手,一边嘴里说:"行行好,帮帮我们吧"时,礼仁孝一下子认出了那妇女正是上次回家途中他遇到帮助修车的山民的妻子。这让他愣住了,一时间不知道该如何是好。只一会儿,礼仁孝疑惑地问:"大嫂,您这是……"

这时,那妇女也认出了礼仁孝,她连忙把手放下了,只是呆呆地看着礼仁孝,而那扯着母亲衣襟的孩子还在不停地喊着:"妈妈,我饿。"见此情形,童贞问:"你们认识?"礼仁孝只是点了点头。

眼前的一切礼仁孝似乎预感到了什么,没容多想,见童贞手里拿着的纸包,他意识到那一定是给他准备的食物。他上前一把几乎是夺下童贞手中的纸包,这也是他对童贞唯一有过的一次野

天问

蛮举动。他急忙打开纸包一看，果然纸里包着两张煎饼和两个鸡蛋。没容多说，礼仁孝把两个鸡蛋递给了那个男孩。

让礼仁孝没有想到的是，那男孩接过鸡蛋并没有急于自己吃，而是双手捧上鸡蛋，然后仰头对母亲说："妈妈，你吃，你先吃。"

听了儿子的话，那妇女扔掉了手中的包裹，一下子蹲下把儿子紧紧地抱住了。随后，那妇女的眼中流出了泪水。这泪水是对礼仁孝的感激，还是一个母亲对儿子的疼爱？礼仁孝一时说不清楚，但这时却让他想起了曾子的话："身也者，父母之遗体也。行父母之遗体，敢不敬乎？"

一会儿过后，那妇女突然跪下对礼仁孝说："谢谢大兄弟，谢谢好人。"

那娘俩走了，童贞一直呆呆地站在那里。

其实，童贞知道此次她是留不住礼仁孝的，她给他准备了赶夜路的食物。可刚刚发生的一切，一时让她不知说什么好，这时礼仁孝说话了。他转过身指着那些衣衫不整的人一连串地问童贞："这些人都是哪里来的，怎么了？他们是要干什么去……"听了这话，童贞看了看眼前的这些人随后叹了口气才回答说："这些人都是外出要饭的，去年天灾人祸，庄稼人有的收成不好，有的丰产不丰收老百姓没了饭吃。冬闲了，这些人结伴要到城里去要饭……"

童贞刚说完，礼仁孝的脸色立刻变得阴沉了起来。这时童贞说："既然你要赶回家，我就不留你了。我知道留也留不住你，如今陆上的人家日子都不好过，你们崮上也不会好到哪去……"说着，她从地上提起了一个面袋子，接上又说："马上就要过年了,我从家里拿了十斤白面,你拿回家包顿饺子,不要回家吃别人的口粮。"

说这话时,童贞的语气十分平静。随后,她又从背着的书包中拿出了一本厚厚的书说:"这是你让我帮你找的书。"礼仁孝接过一看,正是他想看的那本《义城县志》。当童贞把面粉袋交给礼仁孝时,这回他没有推辞,心里却在想:"俺的娘,豁上了,人家盛情难却,拿就拿吧。"随后童贞把他送上了车。

汽车开动了,礼仁孝又一次走了。汽车驶离车站渐渐远去,童贞还一直站在那里,她说不清楚自己为什么会喜欢礼仁孝这个土包子,更弄不明白礼仁孝为什么要这样对待她,是我痴情,还是他不知天高地厚?

天问难是天意,即使是天意,不一定就能遂人愿。此次,礼仁孝回到霸王崮又会发生些什么呢?

地 问

礼仁孝又一次回家了,回到了生养了他的霸王崮。

他每次如期而归回到霸王崮,一是为看望父母,二是为了祭祠,特别是祭祠这一传统在他的心里已铭刻下了深深的印记,一生都将难以消退。

自离开霸王崮去了雾城,这是礼仁孝第三次回家。按常理说他这次回来应该先去曹家看一看准岳父岳母,去看一看那曹家大嫚。可他没有这样做,这虽然惹得父亲很生气,但他向父亲承诺:"我会听父母的话,毕业后便与曹家大嫚完婚,绝不食言。"对于他与曹家大嫚的亲事说实话他确实不满意,但他知道,不论自己长多大,听从父母之命不能有条件。他心里很明白父亲之所以给曹家大嫚起名叫曹糠,就是在告诉他,"贫贱之交不可忘,糟糠之妻不下堂"。他默认了父亲为他安排的一切,只是这"媒妁之言,父母之命",现在他不会对同学说,也不能说,起码在毕业之前是这样。

礼仁孝这样做在今人看来似乎不能理解,甚至会背过气去。但这却是过去的岁月里一代人中的一些人所经历过的,也是那个时代曾经发生过而又不足为奇的事。对于礼仁孝这样的人经历了这样的事,如果说是心甘情愿固然有失公道,不如说是逆来顺受更为贴切。对于这种逆来顺受,礼仁孝有自己的理解。他认为操守祖上留下的规矩是一种德性,当然这种操守对于他来说并不能认为完全是墨守成规,而是无条件中含有一定的条件,这就是他要无条件地听从父母之命,而有条件是他已背离了"父母在,不远游"的古训离家了,且日后又将难以回头。而糟糠之妻正是一根扯不断的线,会把他同生养了自己的故土时刻牵在一起。

自离家后,礼仁孝的思想一直处在极为复杂的思想斗争之中,特别是在他看到了外面的世界后,如果内心没有一点非分之想也不在情理。然而,正是由于他继承了传统的同时又有了知识和文化,因此他并未把这种操守看成是一种牺牲,而是看成了生不逢时的一代人需要付出的代价,这是历史延续和发展的必然。这时,他想起了刚刚读过的达尔文《物种起源》一书,一时间心里得到了一种安慰与平衡。

礼仁孝从心里感谢祖训,感谢父亲对祖训的操守和对他的教化。这一祖训,这种操守和教化使他在长大成人的关键时期,能认识到这样一个道理:道德是经过漫长岁月逐渐形成的一种传统,更是一种文化。在文化面前,一个人,甚至一代人付出的代价是极其微不足道的。对于所处时代,每一个人的付出都将面临两个选择:一是顺从,二是叛逆。礼仁孝认为无论是顺从还是叛逆都要理性对待,不可走极端。因为对历史而言,顺从意味着延续,叛逆意味着变革,只有两者兼而有之才是出路,一味的顺从是迂腐,结果是落后;一味的叛逆是破坏,结果将会导致断裂或夭折。特别是刚刚挣脱了旧中国封建社会的桎梏,新时代的一代人必须要面对现实。正是这样一种心态让礼仁孝想到了一个严肃的问题:根植于华夏大地五千年的文化,试问世间有什么样的工

地问

程会耗如此久之岁月？又有什么东西会经历如此长时间的洗礼、锻造和凝聚？如果对于这样一个神圣的文化殿堂，当落上尘埃，后人有责任拂去尘埃，去其糟粕，留其精华，使其重现辉煌的面目；如果这一殿堂被垃圾掩埋，或沦为崩塌的废墟，那么对于后人来说已不仅仅是拂去尘埃，而是要进行挖掘和还原才能还其本来面目，如此将是十分艰难的。试想如果真的是那样，这对于一个民族来说将意味着什么？

苍天之下，必有厚土。一方水土养一方人，在中国这片黄土地上繁衍生息的每一代黄种人应该传承什么？文化是一个民族的灵魂，沦丧了灵魂的民族势必将会忘却自己的祖宗，忘记了祖宗就意味着无根无源。父亲经常教导礼仁孝："做人做事要时时想着是否能对得起祖宗，没有祖宗的人，还是人吗？人不能忘本这是地问！"

霸王崮的冬天很冷，在家里闲得无聊，礼仁孝拿过童贞给他的那本《义城县志》看了起来。不看不知道，一看吓一跳，书中记载霸王崮的历史竟然长达近3000年，其中有一个名字叫晏婴的人给他留下了极为深刻的印象，教会了他日后无论为官还是为民都要先做人后做事的道理。

晏婴是中国历史上春秋战国时期的名相，他曾经来到过霸王崮。书中记载：齐景公二十五年（公元前523年），理政有方的晏婴即被景公任为国相，成为百官之长。晏婴做了齐相，齐景公曾问他治理国家最令人忧虑的事是什么？

晏婴用两则故事做了回答。一则是，晏婴说："在修社庙的时候，先要竖上木桩，再砌涂上泥巴，垒好了墙壁，这时老鼠窜了进来，在这儿打洞凿窝。人们用火熏，恐怕烧了木桩，用水灌,恐怕泡坏了泥巴,所以不好把它杀死。"

另一则是,有个人家开酒铺,酒味道很美,陈设也很洁净,门前标志也很明显,但是卖不出去,酒就酸了。他想不明白这是为什么,便问别人是什么缘故。有人告诉他说:"你家的狗太厉害了。打酒的人来到你家门前,你家的看门狗却先迎了上来咬人,所以买酒的人害怕让狗咬了,就不去你家了。"

晏婴讲了这两则故事之后说:"治理国家也是这样,坏人像老鼠一样在国君身边,混淆是非,仗势欺人,不杀他们,国家紊乱,要杀他们,国君内心不安,所以这些人都像老鼠一样能生存下去。还有治理国家有了像恶狗似的人,有才的贤人虽然愿意为国君效劳,也只能远离。"齐景公听了晏婴之言,深受启发,表示要采纳晏婴的用人治国策略。

有一年,齐国都城连续十几天阴雨连绵,都城附近百姓家墙倒屋塌,粮食断绝,而景公仍终日饮酒作乐,不恤民情。晏婴先将自己家的粮食分给灾民,然后步行去见景公,说道:"今阴雨成灾,百姓房倒缺吃,您不去救济,而我身为国家大臣,不能解除百姓苦难,不能劝止国君戒除酒色与浪费,这是我的罪过。"说罢,便辞官而去。齐景公忙乘车追到晏婴家中,极力挽留,并答应开仓救济灾民。

齐国刑罚苛酷,许多人受"刖足之刑",致使市场上出现了"踊贵履贱"的现象。晏婴住宅在集市附近,有一次齐景公问晏婴:"你家离集市近,知道何物贵,何物贱吧?"晏婴答:"现在集市上卖的假腿很贵,鞋子最便宜。"齐景公听后,面有难色。回宫后,便下令放宽刑罚,不再轻易施用"刖足之刑",鞋子也就不便宜了。

地问

齐景公有株心爱的槐树,令官吏守在树旁,并悬令:"犯槐者刑,伤槐者死。"可有一人却醉酒而犯了此令,景公派人拘捕并要施刑。醉酒者的女儿跑到晏婴家诉说此事求情,晏婴即求见景公,说明为一棵树而对犯槐人施刑,有害于大臣执法的准绳,国君也将在百姓中丧失威信。景公认为晏婴所讲有理,就释放了醉酒者。

晏婴做了国相,依然崇尚节俭,生活俭朴,"食不重肉,妾不衣帛"。齐景公"三赐"晏婴不受的事迹,被传为佳话。

一赐为晏婴住宅靠近闹市,噪音不断,尘土飞扬,鱼腥味浓,齐景公要为他修造僻静宽敞的新宅院,晏婴回绝。

二赐为晏婴平时总是"乘弊车,驾驽马",齐景公派人给他送去新车骏马,他让来人又赶了回去。景公问他为何不收?晏婴说:"您让我统辖百官,我要求他们节俭,以减少百姓负担,若君臣奢侈,上行下效,不良风气就成灾了!"

三赐为晏婴妻老而丑,齐景公要把年轻的女儿嫁给他,晏婴说:"我们老夫妻生活多年,当年她年轻美貌,托付于我,我接受了,今天决不能因其变老变丑而抛弃她。"

晏婴所为深受景公之爱,而在民众中还流传着这样的故事:一次晏婴正在吃饭,齐景公派召晏婴的人到了,晏婴让来人同吃一餐饭,一人饭两人吃,都未吃饱。来人回去告诉了齐景公。景公知晏婴不聚财,家境穷困,就派人送去许多钱。晏婴再三谢绝,并去向景公解释说:"我家并不穷,由于您的赏赐,我的亲族、朋友都得到了享用。一个当大臣的,如果把国君赏赐的东西贮藏起来,那只能是一个装东西的筐子或箱子,没有出息,公正廉洁的人是不会那样做的。一味索取国君赏赐,而自己又十分吝啬，活着受人怨，死了遭人骂，聪明人是不会那样做的。"晏婴终未接受景公送来的钱，他为齐相20余年，坚持民为重、君为轻、施仁政、薄徭役的治国方略，出访不辱使命，官居高位不贪不占、节俭节用，使内忧外患的齐国得以稳定，继续与其他大国相抗衡。所以晏婴博得了史家司马迁的钦敬："假令晏子而在，余虽为之执鞭，所忻慕焉。"

历史先贤的美德当属经典之例证，晏婴先做人后做事的这些风范深深地教化了礼仁孝。"晏婴如此，面对地问，我辈何为？"礼仁孝问自己。

人 问

再次回到霸王崮,礼仁孝觉得自己现在长大了,是一个真正的男人了。正因如此,这次虽然仍是主要为祭祠而回,却也多了一份沉重的忧心。因为在海州码头和义城客运站看到的那些百姓逃荒的身影一直在眼前晃动,这让他有些心神不宁。但让他得到安慰的是,霸王崮呈现的一切,让他从心里感激前人为后人选择了栖身霸王崮这块苍天之下的厚土,深切地体会到了前人传承下来的一种忧患意识。

回霸王崮前,在他看到海州码头和义城客运站准备外出逃荒的人群时,他的心里一度十分的忐忑不安。他想到原野上的庄稼人由于饥荒都要被迫离乡背井外出乞讨,何况霸王崮那弹丸之地,上不接天,下不落地悬于半空,遇饥荒只能是坐以待毙。若是如此,那情景将不堪想象。

眼前的霸王崮依然耸立在山峦之中,那峭壁、天道、厚土、树木、李子园,礼仁孝回家后看到这一切都还如初,没有一点风雨飘摇或是将要颠沛流离的迹象。

这些都是为什么?此时礼仁孝眼中的霸王崮依然是一个平静的世外桃源,当他把这疑问一股脑儿说给父亲时,父亲对他说:"这要感谢我们的先人,是他们的远见选择了霸王崮这片厚土,还有那口永不枯竭的深水井。还要感谢族人遵从祖训的忧患意识,同心普照,合力修建了那座小水库,这些都是霸王崮的福分,那水不仅是救命水,而是祖上留下的仙水。"

父亲简短的话,让礼仁孝顿悟了"没有远虑,必有近忧"这话的深刻含义。

这是人问,这是苍天之下,厚土之上的生命之问。父亲说:"有地、有水、有人,必会有生灵之道!"

听了父亲的一番话,礼仁孝感触至深。这时他想到了《义城县志》上记载的这样一件事。此群崮地遍留圣人足迹。《春秋·定公十年》载:"夏公会齐侯于夹谷。"《左传》记述:"公会齐侯于祝齐,实夹谷,孔丘相。"

这说的是当年孔子在古齐鲁交汇处精心策划了齐鲁两国的一次"夹谷"会盟,夹谷台就设立在霸王崮,巧计藏兵万。当时孔子根据当地的天然地理优势巧计"藏兵万",妙趣一个礼字,修下两国盟好,建树了孔子"和为贵"的思想。正是这天、地、人和成就了霸王崮为神圣之地。

寻找逝去的历史,遍寻先人的足迹,礼仁孝在书中看到了这样的场面:在远古时代,先人们在这块土地上繁衍生息,进化变迁。从那时起,这里就升起了一缕缕炊烟,发生了生食向熟食过渡的嬗变,从而沉淀了最初的生存文化,进而形成了原始的人群部落。

知道了这些,礼仁孝面对上天,群崮、生灵和人群猛然间疑问:那摊制煎饼的鳌子该是先人食文化的代表?有了鳌子才有了煎饼,那么是鳌子模仿了山崮,还是山崮给了先人灵感?这些都不得而知。但历史有了这样的结论:据传春秋初期，管子在此留下了至理名言："王以民为天，民以食为天。"这话后来成为了历代王朝之国策。

说到那口深水井，礼仁孝一下子想到了族内一直传承下来的对玷污了水井者惩戒的族规：杖罚。水乃生命之源，因此前人一直教化后人珍惜水就是珍惜生命。多少年过去了，族人一直坚持教育众人爱水，晓之理，动之情，而对明知而违者绝不姑息，必施以杖罚。杖罚，就是往屁股上打板子。听老人说，这打板子的惩罚方式源于唐代并流行开来。这一形式的发明可谓学问高深，对被惩罚者来说受的是皮肉之苦，既不会伤及体内脏器，也不会伤到筋骨。惩罚后被罚者疼痛难忍，站立疼，躺下也疼，坐着更疼。正是这难忍的疼会让那有过错而被罚者痛定思痛，即便伤愈过后仍要隐隐作痛，遭人鄙视，时时提醒，痛改前非，弃恶从善。而对官府而言却益处多多，一是杖后走人，自疗其伤；二是无需关押，可少建牢狱；三是可减少嫌犯数量，省去许多管理牢狱的狱吏狱卒。

正是族人传袭了杖罚的惩戒方式，所以对崗上玷污水井者族规：对童者，犯一次者轻罚 5 杖，两次者罚 10 杖，三次者罚 15 杖，若杖罚三次以上者即便不再犯同一错误，每年也要定时杖一次，每次 5 杖意在警戒不可再犯此错；同样对叟者，犯一次者重罚 10 杖，两次者罚 15 杖，三次者罚 20 杖，若犯三次以上者即便不再犯，也要定时每年再杖一次，每次 10 杖，以求年年惩戒。这如同今日开车驾照年审。

这杖罚近乎严苛，而正是这苛刻的杖罚使崗上人无论男女老幼都对水井崇敬有加，并视为仙水，永葆井水清澈甘醇。不仅如此，在这族规下传承的习俗，让崗上人对崗上即便是水洼处的积水,同样也会格外爱护和珍惜而成为了习惯。如此看来,这杖罚的深刻意义,不仅仅是使被罚者疼之痛,更在于思之痛,终身为戒。对于此举,礼仁孝感叹前人:"观乎人文,以化成天下"的深刻意义。

从礼仁孝想到的这些可以看出,他确实长大了。他学会了思索,一个放弃了思索的民族就是放弃了自己的文化,这比落后更不让人尊重,放弃思索和文化也就等于放弃了现代。这是因为一个国家的主体是民族,而民族是保证人的生命存在得以维持并得以优化的文化组织,尽管它以人种为其自然特征,但它的实质不是人种而是文化。

礼仁孝透过原始进入现代看到了文化的传承,这是一种觉醒,人性的觉醒,文化的觉醒。这种文化的觉醒必然会产生文化自觉,这文化自觉意味着什么?他已经意识到,传承不是固执,不是保守,不是墨守成规,应该是一种知耻而后勇的前行。这是在他走向了大海丰富了知识跨越了时空后的超迈,这是真正的人问。

说到文化,礼仁孝此时当然还不会认识得那么深刻,在世界上以儒家学说为主体的中国文化系统、以印度教佛教为主体的印度文化系统、以伊斯兰教为主体的阿拉伯文化系统和以基督教为主体的希腊罗马文化四大文化系统中,其他三大文化系统都曾发生过断裂或消亡威胁而难以自主,而唯有中国文化的血脉得以传承延续不息,这种传承将带领和支撑中华民族继续走向何方?

对于这些礼仁孝更不会想到,30年后在有人为了寻求富有而推崇古罗马时疑问:"罗马人智力不如希腊人,体力不如高卢人,技术不如伊特鲁里亚人,经济不如迦太基人,但为何都能一一打

人问

败对手,建立并维持庞大的罗马帝国?"

这疑问令人振聋发聩。但是当50年后,礼仁孝再次想起这一疑问时他却反问:"公元前753年古罗马诞生之后而成帝国时,世界上已经早就有了一个东方帝国。"古罗马帝国时空穿越了仅两千年,而东方帝国的历史为什么会长达五千年?在曾经的城堡化作了瓦砾的今天,人们为崇敬古罗马的富足去挖掘其历史时,东方帝国的巨著《周易》《春秋》《史记》《孙子兵法》《资治通鉴》等早已铸就了中华文化的脊梁,其"修身、齐家、治国、平天下"的思想传遍了世界,只不过后人已经不再认真地去读它、思考它而已。这应验了一句哲人之训:不被思考的历史,是不具有现实意义的。然而,更令人悲哀的是,当下有那么一些人,为了几个孔方把自己的祖宗和祖宗留下的东西都抛弃了,甚至卖掉了,回过头却去恭维别人的祖宗,这真正是华夏文明的悲哀。对此,也许地藏菩萨都会愤怒地呵斥:"你尽管不是佛家弟子,但如此作为百年之后该何去何从?又该如何处置你?"不是吗?当有人热衷在意大利寻找古罗马辉煌背后的答案而受到俗世慕利者大加赞许时,悠久的华夏历史却在被肆意戏谑,为的只是吸引眼球赚取更大的经济利益。

中华民族是龙的传人。龙生于水,经历了潜龙在渊,见龙在田,亢龙有悔,飞龙在天而升腾。作为龙的传人礼仁孝想到了该如何感恩先人的智慧,感恩祖宗的忧患,感恩民族的自强,想着想着,他不知不觉地来到了那座小水库。如今,这座水库被霸王崮人称之为:天池。

今天这"天池",在礼仁孝眼里就是天上的瑶池。说来也神奇,这"天池"自建好后,虽然处于海拔500多米高的霸王崮顶却长年有水，极少干涸。正是这"天池之水"滋润了岗上的土地万物繁茂，润泽了岗上的生灵繁衍不息。

　　站在霸王岗的高处，礼仁孝心胸豁然开朗。放眼望去，他欣赏到了以前从未曾注意到的景象："天池"周围巨石突兀耸立，千姿百态，见证着霸王岗继续着的沧海桑田的变迁。当他逐一欣赏这每一块巨石时，实然发现天池周边这些巨石好似是依照八卦图的次序排列，而天池中央处有一块更加巨大雄浑的巨石恰似龙形，俨然如一条巨龙欲从池水中腾空而起。令礼仁孝更加惊奇的是，这"巨龙"的龙头正是朝向东方，而那里是大海的故乡。

　　是神奇，还是天意，还是祖宗有意而为之？

　　礼仁孝看似的八卦图，难道会是真的吗？

太 极

　　礼仁孝在家里待到了年三十,他依旧如愿参加了族人的祭祠。

　　过年了,年后正月初六,礼仁孝离开霸王崮返校了,经过义城时他没有告诉童贞,只是悄悄地来到童贞家门外,把事先写好了的一封信投进了童贞家的报箱后就离开了。然后独自一人坐上了去雾城的汽车,汽车走的还是那条崎岖不平的路,而他此时的思想却已踏过了崎岖,前面该是一片广阔而又不可预知的天地。

　　礼仁孝也不知道自己为什么要给童贞再次留下这封信,他想要告诉她什么?他一时也想不清楚,只是感觉这回有好多心里话想对她说。

　　礼仁孝坐上汽车走了。清晨过后当童贞取报纸时发现了报箱里礼仁孝留给她的信,还未拆开来看,就不顾一切地跑去了汽车站。她能想到礼仁孝一定是提前回雾城了,跑到汽车站时开往雾城的客车已开走了。她很是沮丧,她知道义城开往雾城的班车每天只有一趟,她决定第二天也马上回雾城。

　　礼仁孝又一次不告而别,让童贞更加生气。她独自站在客运站外的街头上,寒风中她拆开了礼仁孝给她的那封信。不看还好,一看竟让她如坠雾中不解其意,这让她下定决心回到学校一定要去找他。

童贞绝不会想到,就在礼仁孝翻看那本《义城县志》时,其中一段不被人注意的关于霸王崮历史的记载,竟让礼仁孝彻夜难眠。书中这样记述到:"据传早在春秋时期,霸王崮曾为一国之城堡,城堡内的最高处可能为一墓葬……"礼仁孝出于好奇,第二天他来到了崮上那个最高处,当他站到了上面时,看到书中记述的其地势走向是坐西朝东。当他再次仔细辨别这记述是真是假时,却惊奇地发现东向下方的地貌依崮势而隐约呈现出一个看似太极图的偌大图案,这图案的阴鱼部分地势略低,阳鱼部分地势略高,阴阳分界则是一条弯曲的林带。

这一发现让礼仁孝惊诧万分,这一切都是怎么一回事?又都是为什么?百思不得其解,问过了父亲,得到的回答是:"你自己去想。"为此他决定提前返回学校,他要到学校的图书馆里去查阅历史书籍以求解释。他为什么对这一发现会如此关注和兴奋?那本《义城县志》是他委托童贞到县志办借来的,因为在他去雾城前,族人长者曾只对他说过这样两句话:"作为人,不知道从哪里来,就不知道往哪里去。"正是看了《义城县志》,了解了霸王崮的渊源,让他更加懂得这里是生养他的土地,是他生命的起点,更是他人生的起点,以后无论做什么,走到哪儿,这里都是他永远的家,会让他为此而骄傲和自豪!

礼仁孝回到了学校。第二天一早就去了图书馆,他找来了《周易》及相关的书籍,如饥似渴地看了起来。一个上午很快就过去了,《周易》这种书他第一次看,看不懂,越看不懂他越想看。中午到了,忘记了吃午饭,他的思想完全坠入了如玄如幻之中。

太极

中华民族自古就有"伏羲画八卦、文王演周易、孔子作大传"之说,这实在是太深奥了。转眼之间晚饭时间又快到了,当一抹晚霞从窗户的一角斜射到书案时,礼仁孝在一本相关的书上看到了这样的注释:卦者,挂也。简单地说,就是一种现象挂在人们的眼前称其为卦。宇宙间共有八大基本自然现象,即天、地、水、火、山、风、雷、泽;而世间的万有、万事、万物皆依这八大现象而变化,这就是八卦的起源与法则。《周易·系辞》说:"太极生两仪,两仪生四象,四象生八卦。"

礼仁孝读了这些解释后,便仔细地端详起了那幅太极图。端详过后不由得一愣,他隐约记得小的时候,有一次曾见过父亲也拿过一张这样的图,当时他看到那怪怪的图形时还问过父亲:"这是什么?"父亲回答说:"小孩子家,不要啥都问。"就在他专注这图时,突然间童贞风风火火地来到图书馆找他,这让他一时不知所措。还没等说什么,童贞一眼先看到了礼仁孝专注的那幅太极图,顿时心中掠过了一种难以名状的感觉,内心暗自在问:"他不会是有了什么毛病吧!"

看着眼前冒着傻气且有些惊慌失措的礼仁孝,心里生气的童贞竟不忍心去责怪他了。其实她本来也不想责怪他,只是想问问他自相识以来他所做的一切都是为了什么?

他们一同离开图书馆去了学校食堂,无论童贞对礼仁孝说什么,他一直都是沉默不语,这让童贞很是无奈。这对于她来说是既生气也有喜欢;既喜欢又有生气。正是这极为复杂的情感,让她不仅难以自拔反而越陷越深,她自己也想不明白为什么会这样,这也是她第一次对一个异性有如此说不清道不明的情感和难以名状的无法解脱。

其实,礼仁孝这次给童贞留下信,本意是想约她说一说此次回霸王崮的所见,更主要的是想说一说他的所想。然而,此时他还没想清楚这所想是怎么一回事,反而陷入了更多的迷惑之中。

在学生食堂吃过晚饭,礼仁孝离开童贞心事重重地返回了宿舍。

第二天下午没课,童贞又一次主动到宿舍去找礼仁孝,可让她再次没有想到的是,同宿舍的一个男同学告诉她:"礼仁孝一大早就回老家了。"

礼仁孝异常且近乎诡异的行为让已经失落了的童贞更为不解,走出宿舍楼,站在校园的一角她独自发起呆来,一时间眼里涌出了委屈的泪珠却始终没有掉下来。她手里紧紧地捏着礼仁孝留给她的那封信,其实那并不是信,那只是一张手画的似与不似之间的"太极"图,连一个字也没有。

礼仁孝回家了,他要找父亲再一次问个究竟,关于他看到的一切是怎么一回事。父亲尽管十分严厉,且不苟言笑,但他相信父亲一定是一个心有"经伦"的人,他能解释这一切。

礼仁孝的父亲只有40多岁,可看上去却要比他的实际年龄大得多,不知情的人初识,一定会以为他已是七老八十了。他光头却留有尺把长的胡须,看那一缕黑色胡须垂在胸前,不知者一定会以为他是一位道人。礼仁孝从记事时就知道,父亲有一手绝活,就是那光头是自己用剃刀刮的,这是常人所做不到的。

"俺的娘,豁上了。"就在礼仁孝匆忙回到家的那个晚上,他把心中的疑惑一股脑儿地倒给了父亲。这是他第一次如此放肆地对父亲说这么多话,没想到听了他的话,父亲不仅没有责怪他反而很是高兴。父亲对他说:"古人,有功名之士,皆有积累殊异之迹,劳身苦体,契阔勤思,平居不惰其业,穷困不易其素之言。这些告诉后人,古往今来有功于国家的人,都积累了特异不凡的事迹,他们劳累身体,承受艰苦,勤奋思考,平常生活不荒废学业,遭遇穷困也不改其志;无论尊卑还是贫富,此乃人之节。"

看到礼仁孝在认真地听他讲,父亲露出了少有的微笑继续说:"孝儿,你开始长脑子了,那就告诉你我知道的和你爹我的感悟",说着起身去了箱柜,拿出了那张在礼仁孝记忆中的已发了黄的太极图继续说:"太极图告诉人们的是世界的本源。你看,以同圆内的圆心为界,一条曲线画出相等的两个阴阳鱼,这表示万物在运动中相互联系着;阴鱼用黑色,阳鱼用白色,代表着天与地、白天与黑夜;阳鱼的头部有个阴眼,阴鱼的头部有个阳眼,这表示阴中有阳,阳中有阴,同时表示万物都在相互转化,互相渗透,阴阳相合、相生、相克,这就是大千世界。"

说完这些,父亲领上礼仁孝去了坡上来到了岗上那最高处,也就是他看到"太极"图的岗顶。指着那隐约可见的图案对他说:"听祖上传下来的说法,这地貌图是祖宗有意依地势而建的,可惜已不是最初的样子了。我寻思祖宗建下这太极图是在告诉后人盘古开天地之前,世间本是一片混沌,一分为二有了阴阳,天地之分。但这一分不是一刀切,而是一条曲线,这代表世间不是一成不变的,而是时刻都在运动之中。那阴阳眼代表的是世间万物相合、相生、相克的生命现象,你再看那阴阳鱼的头部和尾部都像什么?"说到这父亲停了下来,见礼仁孝实在是不解其意,父亲摊开手中拿着的那张太极图告诉他说:"你看这阴阳鱼的头部你把它立体了去想,是不是恰似雄性生殖器,而这尾部是不是恰似雌性生殖器?古人留下的这图,是在告诉后人,阴极则阳,阳极则阴,雄雌结合才能创造出新的生命。"随后,父亲像征询地问他:"你说我寻思的对吗?如果对的话,这说明我们古人先贤的智慧是多么伟大啊!"

父亲的话让礼仁孝茅塞顿开,父亲最后告诉他:"正是因为我寻思的这道理,当初才没有阻止你报考鲁海学院,我想一个新的朝代开始了,庄稼人也该走出去了。"正如老子所说:"'大曰逝,逝曰远,远曰反',这是天经,是地义,还是人愿!"

礼仁孝第一次真正领教了父亲的学问,从此他再也不会认为父亲是老保守、老古董,更不会怀疑父亲的高大,他完全接受了父亲的思想。但是,他接受的这些该不该告诉童贞,她也能同他一样接受这些吗?

他又该如何把这一切告诉童贞,礼仁孝不敢多想。

潮 汐

父亲的一席话,解开了礼仁孝心中的疑团。接下来几天,他又一次走遍了生养他的这块土地的每一个角落。因为父亲还告诉他,让他把霸王崮上传说中留下来的遗迹:霸王座、祭祖台、仙人跳都一一仔细地看看。

一路看下去,最后礼仁孝来到了那片李子园。那李子园还在,他找到了父亲和他一起栽下的那棵李子树。那李子树已经长高了,冬日里李子树叶子已散尽,可枝条却依然支挺,当他深情地抚摸那枝干时发现树的枝条已鼓出了叶苞,这才意识到春天就要来了。礼仁孝抚摸着已长大了的李子树,这树干挺拔彰显着一种风骨,让他感慨颇多。

他在想:一个世代的霸王崮人,父亲怎么会懂那么多道理?是这块土地的厚重,还是父亲善思,或是祖训使然?他不得不重新审视自己认为熟悉了的脚下的这块土地,重新审视自己认为熟悉的父亲,他还想到了日后只身在外该如何做人做事。

快开学了,礼仁孝这回真的是该返校了。

离家前,当他再一次用心去打量曾为他遮过风挡过雨的古朴的李家老屋时,心头不由地涌上了一阵酸楚。这酸楚分明在告诉他,一个人离家时如同一只小鸟离巢一样,需要信心和力量。这老屋是他思想的底色，在这底色上树立起来的信心给予了他起飞的勇气，而力量源于对知识的渴求。离家前一天的晚上，父亲又一次把他叫到跟前，似嘱咐又似提醒地说："孝儿，我看童县长家的那个千金对你很好，不知道你是否对她许诺过什么？你长大了，我不会保守和固执地反对攀龙附凤，但你决不能轻易许诺什么。如果许诺了，人就不能失言，一个男人失言就是失德，失言之人将会后患无穷……"

父亲说的话是古训，古人云国有四维：一曰礼，二曰义，三曰廉，四曰耻。

父亲的话又一次提醒了礼仁孝，他在心里又一次掂量了童贞的分量，同时也掂量了自己的分量。

礼仁孝回到了学校，他已打消了原本想找童贞一起探讨解析太极的想法。之后，他又以同样的方式送给了童贞一张自己又一次画的太极图，但与上次不同的是他在这张图上写下了这样的两句话：天地只能同极，不能同道。

开学了，在听海洋学专业课时，由于对太极图有了深刻的认识，这帮助礼仁孝很容易地理解了大海潮汐的形成及自然变化的规律。

日为朝，月为夕；朝时盈为潮，夕时亏为汐；这便有了在日月引力作用下，占地球表面71％面积的海洋水体产生了潮涨潮落现象。这潮涨潮落看似与生活在陆地上的人无干系，其实却与地球的存在、物种的起源、生命的诞生与进化、风雨的形成与大气的变化有着密不可分的关系。

专业课后，海上实习就要开始了。海上实习实际上就是海洋科学从业者学了专业知识后必须进行的海上调查工作体验。这种

潮汐

体验,专业上称之为海洋调查,也就是乘海洋调查船在某一预测海域对海洋水文气象诸要素进行定点、定时的现场观测,以获取第一手科学数据。这些要素按照不同的专业划分,物理海洋方面的有:水温、水色、透明度、水深、海流、波浪、海冰、盐度、溶解氧、酸碱度、营养盐以及海域上空的气温、气压、湿度、能见度、风、云、天气现象等。海洋生物学方面的有:海水中的悬浮物、游泳动物、浮游生物、底栖生物、海水发光等;海洋物理学方面的有:海水中声音传播;海洋化学方面的有:稀有元素;海洋地质学方面的有:海底地形、地貌、底质等。

海上实习安排在这个学期的秋季,实习海域正是鲁东南的海州湾,那里离花果山很近。实习内容是观测海域水体表、中、底层海流周日变化,每一次观测需要连续一个昼夜。

实习船是学校在当地租用的小渔船,测流仪器是指针式直读海流计。礼仁孝、童贞和另一个男同学三人仍为一个小组,他们被老师安排值夜班,从晚8时开始每半个小时就要现场观测一次观测数据,一直要到第二天早上8时才能交班。

出海了,渔船很小,上半夜还好,海上风力不大,渔船摇晃得也不厉害。谁知到了下半夜,海上起风了,渔船摇晃得越来越厉害了。

随着渔船摇晃加剧,他们三人都开始感到越来越不好受。海上的气温远比陆上低得多,虽然是秋季,可他们出海要穿上棉大衣。每观测完一次数据后,他们三人就要回到狭小的舵轮室里蜷缩在一起等待下一次的观测时间。夜色里他们三人相继晕船了,可观测时间一到,礼仁孝和那男同学手拿记录表在前,童贞手提煤油灯在后,相互搀扶着来到舷边观测、记录数据。那时学生实习海上照明使用的还是煤油灯,就连手电筒都使用不上,就这样每观测完一次,他们三人就要俯在舷边呕吐一次,然后再回到舵轮室里继续等待下一次的观测。天快亮时,他们已是筋疲力尽,但观测绝不允许中断,他们必须坚持。而最让童贞一生也不会忘的是那最后呕吐出的胆汁的苦涩,那黄绿色的胆汁,苦比黄连。

早8时终于到了,另一艘小渔船上带队老师送另外三名同学前来接班,其实观测海域离岸边并不远,只有三四海里的距离。当来换班的渔船一靠上观测船,来接班的三名男同学就敏捷地跳上了观测船,随后礼仁孝也跳回到了换班船,童贞跟在礼仁孝后面,剩下那位男同学在保护她。谁知就在礼仁孝回身准备接正在跳帮(海上船与船相靠专业术语称为靠帮,人员交换称为跳帮)的童贞时,突然一个涌浪扑来,顿时两船交错颠簸,巨大的落差一下子把童贞抛到了海里。

情况十分危急,见童贞落水正处在两船之间随时都会被挤压,礼仁孝没有犹豫,双手死死抓住另一船船帮拼尽全力用脚把两船顶住,这时大家一起合力终于把两船推开,随后礼仁孝跳入了海中。

海水温度只有零上十几度,礼仁孝跳入海中游到童贞身边时一把抓住了她。跳帮时童贞事先已脱去了棉大衣,可落水后身上的衣服浸了水十分沉重让她无力自救。礼仁孝看到童贞的身体开始下沉,他迎着风浪不顾一切地奋力托着童贞,并对船上的人大声呼喊:"救生圈……"

船上的渔民和同学扔下了救生圈和绳索,礼仁孝用尽力气把救生圈套在了童贞的身上,随后船上人一起先把童贞救上了换班船,接着又把礼仁孝也救上了换班船。

潮汐

童贞呛了很多的水，加之惊吓已有些神志不清，见状带队老师急忙喊道："快做人工呼吸！"听到老师的话，就在在场的同学面面相视时，礼仁孝没容多想上前开始施救。他对童贞的身体进行了一次次按压过后，又对童贞进行了人工呼吸，终于童贞吐出了大口大口的海水。

经过一番紧张的抢救，当童贞恢复了意识后，同学们把童贞抬进了船舱。见童贞浑身还是湿漉漉的，同学们又是面有难色，这时礼仁孝仍然没有犹豫，他又上前给童贞脱去了外衣，用棉大衣把童贞裹了起来。

礼仁孝刚刚做的这些童贞都深切地感觉到了，而这些只有礼仁孝去做她才会顺从地接受。当礼仁孝用大衣把童贞裹好，这时她看到礼仁孝的眼中充溢出了一种犟强、固执的神情，这让童贞心头一热，顿时一股热泪夺眶而出。她想不到刚落水时看到礼仁孝跳入海中时那瘦小的身体里为什么会迸发出那么大的勇气，而跳海前的那一刻，他竟然能顶住风浪中两只小船的碰撞，他怎么会有如此大的力气？

换班船启动机器，向岸边疾驰而去。

舱内，这时礼仁孝自己才脱去湿衣服，穿上了棉大衣。他让另一个男同学去找杯开水，可渔船上没有开水。看到童贞还处在湿冷的恐惧之中，礼仁孝急了，他顾不了许多，上前隔着衣服用力地揉搓童贞的身体，慢慢地童贞完全恢复了过来，她对礼仁孝轻声地说："我怕……"

看到童贞那惊恐中带有深情的眼神，此时礼仁孝心里清楚，他对她只能做这些了。见礼仁孝一时愣在了那儿，童贞似乎察觉到礼仁孝此时在想什么，她心里早已断定和他不会有什么结果，

· 105 ·

想到那青春恋人日后应该演绎的激情故事将不属于她时,她还是轻声地对礼仁孝说:"你救了我两次,我不知道该怎么谢你?"

小渔船靠上了渔码头,岸上的同学们都跑来了,带队老师和同学们架着童贞,扶着礼仁孝下船来到了渔码头上的一个库房里,这里是他们借用的临时宿舍,有同学煮来了姜汤,这是此时他们唯一能做到的。

回到了陆地躺在了床上,那床再简易再不好终归是一张床,童贞觉得舒服极了。童贞有了一种从未有过的安全感,可她还是不愿睁开眼睛,总感到那房子还在不停旋转,床似乎也在不停摇晃,她时不时地还想呕吐。有两个女同学守在了童贞的床前,而礼仁孝已悄悄地离开了。

礼仁孝和童贞同是来自义城,对于他俩的关系在同学中早就有一些传闻。传闻终归是传闻,谁也无法也不能去证实什么。此次童贞又一次意外地掉进了海里,在生死攸关的时刻是礼仁孝又一次救了她,为她所做的一切让同学们为之感动,同时似乎也证实了他俩传闻的真实性。虽然童贞得救了,可此时仍然需要最亲近的人的安慰,那么礼仁孝为什么选择了悄悄地离开了呢?

完　婚

又是两年过去了。

三年自然灾害最后一年的夏天，鲁海学院礼仁孝他们这一届的学生毕业了。当时我国海洋事业还没有形成独立的系统，海洋观测、预报隶属于国家气象系统。因此，礼仁孝被分配到全国气象系统的千里岛海洋观测站当了一名观测员，而童贞则主动要求分配到同样是气象系统的福建泉州湾畔的古城海洋观测站。

礼仁孝后来才知道，他们上大学的那一年，新中国为了快速恢复和发展国民经济，同时为进一步巩固东南沿海海防，并尽快使年轻的人民海军适应未来海上战场的发展走势，中国历史上第一次全国性的海洋大普查在那一年开始了。如今，他们毕业了，听从党的召唤，到祖国最需要的地方去是当代青年人的崇高理想。

千里岛是一个只有0.5平方千米的小岛，是一个远离大陆无人居住孤悬在黄海中部的一个小岛。岛上只有一个由两人值守的航标灯站和一个三个人的海洋观测站。岛上的灯标站是黄海国际航线唯一的一个航标站，而海洋观测站则是联合国全球大气观测系统的标准海洋观测站。由此可见，千里岛地理位置和海洋观测资料的重要性。

毕业了,礼仁孝告别了母校,揣着分配通知书要先回霸王崮,半个月后再去千里岛海洋站报到。

此次回霸王崮他不是为祭祠而归,而是要兑现他人生的一个十分重要的承诺,这就是回家与曹家大嫚完婚。就在毕业前夕,当与童贞最后一次见面时,他已郑重地告诉了童贞:"毕业后,我第一件事就是要回家与曹家大嫚完婚,这是媒妁之言,是父母之命……"其实,礼仁孝思想深处强烈的传统意识,让童贞早就预料到了他俩最终会有劳燕分飞的这一天,所以童贞选择了天各一方,主动要求分配到闽南古城海洋站。

大学生活的几年里,礼仁孝曾多次对童贞说过这样的话:"世道可以改变,但天道不可改变,父父、子子、孙孙是永远的人伦之道。"对此,童贞也曾表示赞同,但同时也表示在遵从这人道之理时,随着社会的进步,还应该不失追求自我,这是一种进步。童贞虽然努力想改变礼仁孝什么,但对礼仁孝还是有思想准备的,并不抱任何幻想。

礼仁孝与童贞最后一次见面分别时,他送给她了一个红平绒面的日记本,而她回赠给他的是一支英雄牌自来水钢笔,这是那个年代最时尚的礼物。童贞也曾试图说服礼仁孝,但她后来发现不仅自己说服不了他,反而自己好像被他征服了。

毕业前,礼仁孝已写信告知了家里他即将毕业和要回家的日期。回到霸王崮家中,已择日一个星期后的"中秋节"为他和曹家大嫚完婚。

完婚的前一夜,按照习俗礼仁孝必须要做三件事。一是头天晚上新床摆放好后,必须找来一个小男孩与他同睡,这称"滚铺",寄望他婚后老婆能生男孩;二是次日清晨,他要带上祭品

完婚

在黎明时分到宗祠在祖先供位前敬祀；三是回来后必须由母亲给他梳理头发，称"成头"，表示真正成为了成年人。

吉日这天上午9时，礼仁孝来到门外要骑迎亲马去迎亲，就在上马时，他自觉不自觉地说了一句："俺的娘，豁上了。"随后，在四个挑红纸灯笼男孩的簇拥下跟上花轿一同前去曹家迎亲。花轿到了曹家，曹家人已等候在门前。只见那曹家大嫚上轿前一阵大哭，这哭声听起来挺响却有点假，细听实际上是干哭，也就是说是哭给别人看的，据说这样哭娘家才会兴旺。新娘好不容易上轿了，起轿后鞭炮齐鸣，众人相随一路折腾来到了礼仁孝家门前。落轿后礼仁孝下马来到轿前，然后背朝轿门用脚朝后踢了一下，随后由一个男孩上前掀开轿帘请出头蒙红盖头的曹家大嫚，礼仁孝半蹲背起新娘进入院落，放下新娘后牵手来到厅堂里站定。随着执事人的话音，礼仁孝与曹家大嫚依次进行了"拜天地、拜父母、夫妻对拜"的仪式后，共同牵手入了洞房。新郎新娘人了洞房，设在院内的婚礼宴席也随之开始了，这婚礼宴席当地人称为流水席，院内一片吆三喝四，一拨吃完走了，另一拨又接上坐下继续吃，好不热闹。

第二天早上，曹家大嫚早早就起床去帮婆婆做饭去了。当她把做好的饭端来自己屋时，礼仁孝还在睡觉。她不敢轻易喊醒他，只是怯生生地站在床前看着自己新婚的丈夫。

过了好一会儿，礼仁孝终于醒了。他一睁开眼看到十分规矩地站立在床前的曹家大嫚先是一愣，转而明白过来了。昨天的一切对于他来说就犹如一场梦，当梦终于醒来，他必须要面对眼前的一切。他欠起身子指着摆在桌上的饭对新婚的妻子轻声说："曹糠，你不用这样，我自己会来，喊我一声就行了。"

听到礼仁孝喊她曹糠,曹家大嫚先是一愣,然后顺口问了一句:"你是叫我吗?"

听了这话,礼仁孝笑了。他对她和蔼地说:"以后我就叫你曹糠,你就喊我仁孝吧。"

之后的几天里,礼仁孝小心谨慎地对待着曹糠,他怕她不适应新的生活,怕慢待了她,自己能做的事他一定要自己做,他想曹糠已是自己的妻子,就应该对她承担起一个丈夫的责任,自己虽然是一个大学生,但对于曹糠来说只是一个丈夫。

报到的时间就要到了,礼仁孝该走了。离家前一天的晚上,他对妻子说:"曹糠,我明天就走了,家里就劳累你了,替我照顾好爹娘和弟弟。我到千里岛去上班,还不知道那个海岛是什么样子,反正离岸很远,听说没有船专门接送是下不了岛的,最多我一年只能回来一次,你就受苦了……"

曹糠听着礼仁孝说着这些话,她只是顺从地不断点头。她不懂外面的事,不能对丈夫提出什么要求,也不敢提出什么要求。

又是一个清晨,礼仁孝背上背包就要离家了,爹娘送他到了门口,曹糠送他到了院门外。这时曹糠哭了,这回不是几天前她上花轿时的干哭,而是真的流下了泪水。

礼仁孝远去了,他在霸王崮又多了一桩心事。而此时望着他渐渐远去的背影,曹糠心里在暗暗地发问:"这个男人,他还能回来吗?"

曹糠此时无法相信,说是秉承了传统,又坚定了信仰的一个男人日后该如何作为?日后的礼仁孝,他相信正是这传统,这信仰在他的心里播下了诚信的种子,助缘成熟,机缘相合。礼仁孝相信这传统,这信仰该是自己心灵的流淌,日后一定会规范自己的意识和行为,并将努力去实现自己的人生承诺。

礼仁孝经过义城时,又一次悄悄地来到童贞家的院外,同样把一封信放入了童贞家的报箱,然后悄然离去了。他知道此时童贞还在家里,因为分配到外省工作的同学要在一个月后去报到。

其实,礼仁孝这封信仍然不是信,而是他此时此刻对人生的一种感悟。信上这样写着:天悠悠,地旋旋,宇宙混沌一团团。追:盘古创世,黑白开裂,水球永恒史诗篇;阴阳交媾,女娲造人,生命海洋颂摇篮。大中华,五千年,梦寻不舍纳百川。问:通洋之路,三宝航海,甲午折戟悲歌还;一水一人,一母为海,厚土载辑难扬帆。雨风风,浪翻翻,龙的传人龙的胆。看:沧海横流,寻找世界,炎黄子孙舞蔚蓝;砺骨桑田,脱胎沧海,盛世龙行天地间。

当童贞收到这样一封不是信,对她来说却又是一封信时,她知道以后再也不可能见到礼仁孝了。童贞十分清楚,她与他,礼仁孝同样选择了孤行远去。

童贞实在想不明白,上天为什么会如此的不公平,为什么让她认识他,喜欢上了他,又爱上了他,而最终却会以这样的方式来结束呢?他们这一代人的爱情是传统而又含蓄的,这种相恋的起因不仅仅是爱,更多的是一种志趣的相融;这种相爱的关系不仅仅是爱情,更多的是道合。这种志同道合延续着传统道德观念的文化自觉,即使她与他不能走到一起,但童贞知道自己曾深深地爱过他。

对礼仁孝的爱,这是童贞的第一次,也是刻骨铭心的一次。礼仁孝远去了,日后对于她来说,这爱能一下子就忘却吗?如果忘却不了,这爱还能延续吗?如果还能延续,她会选择一种什么方式呢?

在日后的日子里,童贞时常想起爸爸对她多次说过的这样的话:"人生在世,人与人之间免不了会有磕磕绊绊。但要记住,人想人的好处,越想越好,越好越想,想而生情,万怨皆消;人想人的坏处,越想越坏,越坏越想,想而生恨,恨起祸事。"

父亲的话十分有道理,童贞真的能听进去吗?她能照着父亲的话去做吗?

基 因

童贞分配去了泉州湾畔的闽南古城海洋站。

对于童贞主动申请分配去离家如此远的地方工作，同学们都十分不理解，如果按照学校的分配方案，她有留校和去海洋研究所的两个选择，可她为什么要这样做呢？

当童贞知道了礼仁孝这样对她的一切和根本的原因后，她认定这是自己的命运使然。尽管她爱上了礼仁孝，但她不想与命运抗争，如果这样毁掉的不仅是礼仁孝，还有传统的道义，还有他们共同的人生观和道德观，从某种意义上来说，这也是一种信仰。正是基于这样的思想和观念，她理解礼仁孝，她也认定了这是自己爱情的命运。她自问自答这命运是什么？这命运是不知为什么会这样，却终于这样了。命运这东西，靠近它未必就能得到，离开也未必就是失去。既然命该如此，那就按照道义泰然处之。她最终认为，通达事理的人是通晓生死之意的人，而通晓生死之意，个人的人生得失就不会使人迷惑，为自己爱过的男人付出一切都是值得的。

童贞清楚地记得，在母亲把那套保存了多年的惠女服饰送给她时，母亲曾对她讲述了并未记入史书的关于惠女服饰的流传。

流传是这样说的，那是在很早的时候，一艘海上渔家的大帆船满载货物从南海驶向泉州,谁知途中遇到了倭寇。倭寇抢劫了船只,并把海上渔家的爷爷、父亲、丈夫和兄弟所有男人都杀死了,只留下了老老少少的一群女人。之后,倭寇船上只留下了两人押着船只载着货物前往东夷。谁知第二天海上刮起了大风,船上的女人们趁机把那两个倭寇推进了海里,最后这艘船随风浪漂到了古城海岸。

这群海上渔家的女人们在古城海边的渔村定居了下来,从此被称为惠女,并与当地人通婚而延续了下来。他们保留了自己的生活习惯,这就是今天为什么只有惠女服饰传承,而没有惠男服饰传承的原因所在,而惠女一直被视为汉族而定居闽南。

这支人数不多的惠女遗传了海上渔家女性忠烈、守贞、坚毅的品德和个性,并为后人留下了这样的一个世代规矩,就是女人结婚时一定要身着白色衣衫,意在为死在倭寇刀下的男人们披麻戴孝,并告诉后来的男人永远不能忘记倭寇欠下的那一笔血债。

忠烈、守贞、坚毅成了惠女的遗传基因。

童贞遗传了父亲毅然决然的大丈夫基因,也遗传了母亲忠烈、守贞、坚毅的基因性格,当她知道了关于礼仁孝的一切后,她同他一样一定会选择离开。

童贞的这一决定让礼仁孝有了自己对她不仅仅是简单的对不起的内疚,而是一辈子都欠下了无法补偿的愧欠。他心里十分清楚,他们一旦分开了,童贞将永远也不会再来打扰他的生活。

想到童贞主动要求分配到古城海洋站,有一点让礼仁孝还是多少有一些安慰,那就是他知道古城正是童贞母亲的故乡,她母亲是闽南惠女的后代,也许正是这个缘由童贞才选择回到生养了母亲的故乡。

基因

　　那是在一次闲谈时，童贞告诉过礼仁孝："父亲是江西人，在延安她母亲认识了随红军到达了陕北的父亲。抗日战争时，父母被同时派去了山东，后来父亲受伤，组织上安排父亲同母亲一起留在了山东做地方工作。"这是童贞唯一的一次对礼仁孝说起自己的家世出身。

　　古城，位于我国东海和南海的交界海岸处，古城自明代开始就是一个闽南渔家小镇，也是一处军事重镇，古城枕在大海的怀抱里，泉州湾和大咋湾似两条巨臂拥抱着它，有诗云："孤城三面鱼龙窟，大咋双峰虎豹关。"

　　古城源远流长，文化传统崇文尚武，自古便是战略地位十分重要的海防要塞。历史上这里曾是民族英雄戚继光抗击倭寇入侵的主战场，还是郑成功收复台湾的屯兵之地，虽说古城只是一个小镇，但就是这个小镇却被誉为中华民族的气节之城，英雄之城。

　　有题联赞：
　　　　举酒浥南溟谁将鸣琴歌舞日，
　　　　登台瞻北斗我当缙笏拜尧天。

　　镇上的古城，始建于明洪武二十年。古城历经600多年的战火烽烟依然保存完好，已成为中华民族引以为豪的历史丰碑，闪烁着璀璨夺目的光芒，引发了人们无尽的思考。

　　古城人崇文尚武，因而最敬忠、孝、节、义的关公关老爷，这一传统世代传承。古城有座关帝庙，关帝庙位于古城南门，日夜守卫着古城，守卫着闽南的海门。

　　古城海洋站就在古城的南门里，与关帝庙为邻仅一巷之隔，海洋站的房屋建筑是石砌建筑,与古城融为一体。自从来到海洋站起,童贞就想自己也许将会在这里度过一生。她从此开始了日复一日,月复一月,年复一年的风、云、潮、浪等多项水文气象要素的观测工作。她极力强迫自己适应这孤寂的工作环境,机械性的观测工作,尽量忘却那她曾追求过的一切,同时孤独地去寻找未来生活的乐趣和人生的安慰。一个月过去了,两个月过去了,在打发业余时间的日子里,她拜谒了古城的"妈祖庙"。之后,她还发现在古城边的悬崖处有一座尼姑庵,好奇心让她一次次走进了那座叫"清心庵"的尼姑庵。

在"清心庵"里,清心的希冀又一次强烈地刺激了母亲遗传给她的基因性格,她做出了人生的另一个抉择,决定终生不嫁。因为她知道自己胸部那最敏感部位最先紧紧地贴在了礼仁孝的后背,礼仁孝又吻过了她的红唇,还有他那双有力而粗糙的手已推揉过了她的身子,这些都是她视为最珍贵的,而且只有把这些给予了自己真正喜欢的男人,她认为才是最值得的,也是最为纯洁和高尚的。

回到了母亲的故乡后,走近了传奇惠女,惠女那吃苦耐劳、忍辱负重和忠烈守节的情操张扬了她的个性,她把自己同惠女的命运联系在了一起,并开始用心去体会惠女的一切。

在我国闽南沿海地区,惠女以忠烈守节、吃苦耐劳,淳朴贤淑闻名于世。然而惠女那独树一帜的黑裤、蓝衣、黄斗笠服饰更是最初引起童贞对惠女和惠女身上传承的传统的兴趣,如此童贞就找到了精神上的一种寄托。

几个月下来,无论是在海边、田地,还是石头厝的庭院,童

基因

贞都能看到惠女们总是用黄斗笠和花头巾把头和脸都严严实实地包起来，只露出两只眼睛在外面。穿着紧身的蓝色短上衣，腰间扎着银腰带下的肚皮会露出漂亮的肚脐眼。下身是宽松的黑裤随风飘逸，给人以一种神秘的感觉。人们这样形容惠女的服饰特点：封建头，民主肚、节约衫、浪费裤。

深入接触过了惠女后，童贞十分好奇，她难以想象惠女那用独特服饰包裹着的柔嫩身躯，为何会有堪比男人肩膀的力量，能扛起巨石，能顶住大海的风浪？之后，童贞通过观察似乎慢慢地体会到了，大海兴起波涛，海浪亲吻海岸，在这期间人类不知付出了多少生命的代价。但不管有多少沧海桑田和兴亡沉浮，那惠女同古城一样，彰显出的一种不屈不挠的精神一直在传承和延续。

特别是惠女忠孝守节的情操，蕴含着所有苦难、压抑、挣扎、奔放、憧憬以及热血的律动都从惠女脚下的这块土地倾注进了澎湃的大海……

童贞已真真切切地看到了，在烟海尘雾的海滩上，织网的惠女们打捞了一个个春天，却已不见了古城的尽头，只留下了一路叫卖海鲜的鱼腥味。循着这鱼腥味的路径，童贞领悟了这样一幅幅的画面：

亘古的时空里传来一支曲子，那是爱情的旋律。童贞漫步海边时一次次在心中试问："惠女，请摘下你的斗笠，看一看是谁目送着你的倩影？听听是谁在无边的大海上网捞你的名字？告诉我，谁会陪伴你赤脚踏着细软的沙滩，相偎静听大海深沉的喁语？告诉我，通往海中哪一条途径，才能缩短你我的距离，才能如期抵达你心上的净土？"

童贞的问语没有得到惠女直接的回应，然而她得到的却是一种心灵的洗礼。这就是风从海上来，倾诉着历史遗失的动人传说。

每到这时，童贞都能体会到穿过岁月的曲径，她仿佛听见在时间的末梢上，往事踮起了忧伤的脚尖，南音曲曲，清越怅惘。还有数不清的梦境纷纷跌落，从指间潸然滑下，悸痛在心，而这悸痛实在是难以让她忘怀。

每每触及了这些，童贞在思想深处总会有这样的感悟：人人皆道惠女吃苦耐劳，可有谁驻足，来聆听花头巾下掩藏着的沧海桑田；又有谁留意，歌舞升平之外桨声灯影里挂在斗笠下寂寞欲飞的那滴清泪？

童贞在民间的传说里遥望惠女，一个名字的背后，丰富生动的面庞，衣袖翻飞，裤脚飘飘，笛声悠扬，在你顾盼的眼神里，词句婆娑作态。

走在泥土清香的乡间田野里，每一片绿油油的藤叶生机勃勃迎风招摇你的眉梢微笑；你踩在灰尘漫天飞扬的石雕厂里，每一块窃窃私语的石头心甘情愿接受你的抚触；你泳浴在蔚蓝的海水之间，每一朵浪花都似你闪烁的坚定目光。

这些画面，这些感悟让童贞的心一次次醉了，她一一驻足，一一欣赏，她通过眼瞳的盛宴，去品味心灵的呼唤。正是这样的一次次，童贞都会拍击心的长奏，把所有心事完全融入了对惠女的尊敬和爱恋。

童贞在用心去欣赏和赞美惠女的风采与品德背后，她还是禁

基因

不住一次次地会想起礼仁孝,而每次她同样又一次次遥祝礼仁孝平安。她相信礼仁孝一定会平安,因为那宗族的图腾,那个瓦罐他一定会带在身边,在佑护着他平安、幸福。在"清心庵",童贞一次次为礼仁孝祈祷。

那瓦罐、那鲑蹶、那图腾,真的能佑护礼仁孝平安吗?

天　涯

　　就在毕业之前，礼仁孝主动找到了童贞，他如实地告诉她："毕业后，我第一件要做的事，就是要回霸王崮与曹糠成婚。这媒妁之言不能违背，听从父母之命不管你是否愿意。"

　　对于这一结果，童贞早就预料到了，只是没想到会来得这么快。她已经十分了解礼仁孝了，正是礼仁孝的仁义和孝道成为了她喜欢他的最主要的原因。童贞十分清楚地知道正是礼仁孝忠、孝、节、义的传统观念让自己无法冲破"媒妁之言，父母之命"的桎梏而坚守着自己的德性。而她无力去改变这一切，也不想扭曲自己所崇尚的人性的道德与信仰，她要自己一定要有勇气去面对现实。

　　童贞自己觉得：作为一个人，一定会有自己的梦想与追求。而正是在这梦想与追求的过程中，才会去寻找梦想的偶像作为效仿者以实现追求的理想。同时她更觉得：梦想的憧憬源于年轻的激情，追求的理想源于青春的冲动。但殊不知，遇有坎坷和磨难，憧憬会被击碎，理想将会破灭，难能可贵的是遵守伦理道德和坚守信仰的永恒弥足宝贵，终会重新燃起另一种希望。爱情仅仅是相濡以沫吗？更为珍贵的当是相忘于江海，童贞这样宽慰自己。

天涯

　　正是因为有了经历和思考走向了成熟,童贞同样执意要坚守自己的伦理道德观念,坚持自己崇尚的信仰。她要挣脱痛苦,她心甘情愿要维护礼仁孝在她心中的美好,坦然送礼仁孝远去,并为他祝福。

　　千里岛,远离尘世,孤悬黄海。

　　传说,在很早很早以前,生活在黄海岸边的一个叫李诰的小伙子独自驾舢板出海打鱼,遇大风浪舢板被吹离近海越漂越远,最后漂到了一个小岛上。小岛周围的海里乌贼鱼很多,由于没有火他靠捕乌贼鱼生食重新过起了原始人的生活得以生存了下来。一天天过去,一月月过去,在获救无望的日子里,一天他突然想到在吃过的乌贼龟骨上用石头刻上了几个字:"救李诰,千里岛。"之后,他天天捕乌贼鱼吃,天天吃,天天刻,天天往海里扔,寄希望这刻上字的乌贼鱼骨漂远能被人发现前来救他。

　　日子一天天过去了,始终没见人前来救他,春夏秋冬循环往复,他已不知道过去了多长时间。就在他感到无望时,突然想到就是有人捡到了乌贼鱼骨也不会知道这千里岛在哪儿呀?

　　一天,他发现在岛上的一处岩石的缝隙中生长着一株不大的耐冬树。这树他认识,他把那株耐冬树移栽到了岛上高处的向阳坡上,他知道这耐冬也叫茶花,长大后会开放出鲜红鲜红的花朵。随后他在耐冬树后面的岩壁处垒起了一个石窟,日夜守护着那棵耐冬树。不知道多少年又过去了,当终于有一天那耐冬树满枝头都开放出血红色的花朵时,那小伙子已变成了一个野人,一个长发长须的老翁。

　　又是一个初春来临的前夕,耐冬树满枝头绽放的花朵越发鲜艳火红,在阳光照射下耀目在海天之间。

一天清晨，海上一场大风过后，李诰突然发现海面不远处驶来了一艘小船。近了，近了，当那小船终于靠上岛来，船上下来的人告诉他："海上遇到大风，我们迷航了，船就被刮到了这里。大风过后，我们远远地发现了这岛，早上当太阳徐徐升起来时，我们看到了岛上那一团红色，想那一定是航行灯，所以就来了。"

　　李诰得救了，船上人问李诰："这岛叫什么名字？"他用那已经含糊不清的语言告诉对方说："这岛，叫千里岛……"

　　这是一个关于千里岛的传说，当礼仁孝来到这与世隔绝的千里岛海洋观测站，他和另外三个早他上岛来站工作的人一起，开始了在黄海之上的千里岛海洋站的终年职守。

　　礼仁孝上岛后的第二年冬天，一场多年罕见的大雪纷纷扬扬地洒满了黄海。他看到洒落到海里的雪瞬间完全融进了海水里，但这雪却把千里岛厚厚实实地盖住了，而海面上升腾起的雾气弥漫在海天之间，把千里岛眼前的时空变成了一片混沌。

　　此时，千里岛上气温已降至零下20多摄氏度，风力增至10级以上，西北风沿着海面不停地呼啸着冲上千里岛，雪暴无情地扑上了海洋站建在悬崖上的测波室，还有峭壁上的观测点和岛脊上的观测场。

　　风助雪势，雪长风威，风雪交加给观测带来了意想不到的艰难。20时正点观测时间就要到了，面对眼前极为恶劣的气候条件，在眼前这一片混沌之中，在这一个地图上找不到的天涯海岛，四个人的海洋观测站的观测工作还要不要按时进行？

　　19时许，站长决定提前上测点等候观测时间，以免发生意外耽误正点观测。他对另外两个老同志和礼仁孝说："越是恶劣的天气，我们这个测点的观测数据越是宝贵，所以绝不能丢失。虽

天涯

然只有我们四个人，没有上级监督，没有人看着我们，但良心在监督着我们，科学在看着我们，现在就上测点！"

岛上仅有的几间破房子既是海洋观测站的办公屋，又是他们的宿舍。岛上无水、无电、无煤、无柴，这些全要靠岛外补给。此时屋内的温度与室外相差无几，听了站长的话，蜷缩在冰冷的被窝里的那两个老同志毫不犹豫地爬了起来，穿上大衣便去准备观测设备。这时正在患感冒发烧的礼孝仁也爬了起来，他不顾站长的劝阻也穿好了衣服，随后四个人顶着寒风冒着大雪冲出了屋去，踏着过膝的积雪在岛上天梯般的狭路上艰难地向测点走去。

强劲的风暴刮得他们睁不开眼睛，吹得他们无法直立行走。通向测点的羊肠小路完全被大雪覆盖了，他们四人只能凭着以往的感觉摸索行进。当他们刚刚艰难地翻过了一道陡坡便一头栽进了齐胸深的山凹积雪里。四个人在积雪里挣扎着，此时离正点观测的时间越来越近了，他们只能在深深的积雪中不约而同地拼命地向测点的方向爬去。

爬呀，爬呀……雪灌进了鞋、裤子和衣服里，他们全然不顾。手已冻僵了，脸也冻得失去了知觉，他们爬过大雪覆盖的雪坡上留下了一道长长的、深深的雪沟。当正点到来之前，他们四个人终于爬到了观测的第一个工作点气象观测场。

紧张有序的观测开始了，温、湿、云、能见度、天气现象和降水等诸要素的观测数据被那冻僵的手歪歪扭扭一一地记录了下来。第二天天亮时，这些现场实测的数据通过无线电台传回了岸站，又传到了北京……

这次艰险的观测经历，让礼仁孝第一次深刻地认识到，海岛台站观测的每一个时刻的每一组数据，在平时也许是微不足道的，然而事过境迁便会成为无可替代和极其宝贵的科学的历史注脚。

也正是这次的生死考验过后，当他再一次凝神记录在表格上的那些歪歪扭扭的阿拉伯数字时，他竟感悟到，这些数字在音乐家的眼里，一定是激昂的旋律；在财富者的眼里，一定是大把的金钱；在军事家的眼里，一定是士兵的生命；而在科学家的眼里，却是科学的起点。

风暴过后，在总结这极端环境下的观测时，站长对礼仁孝说："你还年轻，以后的日子还很长。这一次对于你仅仅是个开始，以后还要经受更多意想不到的台风、暴雨的考验。遇有那种情况，也许会比今天还要危险。"最后，站长一语相关地又对他说："你要有这样的思想准备，观测员的生命属于大海。"

"生命属于大海"，事后礼仁孝在体会这句话的含义时，不自主地又想起了童贞。他知道闽南的夏季是台风的高发季节，童贞会遇到台风吗？如果遇到台风，对于童贞那又是一种什么样的生死考验呢？

洗 礼

  童贞离开母校来到古城也已两年的时间了，海洋观测站单调、枯燥和机械性的被动观测工作让她的精神一度陷入了空虚。意外的是对惠女的欣赏，让她看到了惠女斗笠下，头巾紧紧包裹的脸上，仅露出的那双眼睛流露出的眼神充溢着一股深沉与坚毅，而那肚皮上外露的漂亮的肚脐眼却又张扬着一种坦荡与激情。这让她沉思了起来，沉思过后，她意识到那深沉的目光如果说是保守，那么张扬的肚脐该意味着开放，而这不正是文明从原始走向现代的文化注脚吗？

  夏日的一天傍晚，童贞无事随意走出海洋观测站来到了关帝庙外。她看到很多人纷纷走进关帝庙，在虔诚地为关老爷进香，她随便与进香人闲聊了起来。进香人告诉她："我们供奉关老爷是仰慕他的人品。"正是这句话在此时此刻让童贞猛醒了。

  世上冥冥之神都是人造出来的，而其源头都来自人的本性，那么这本性又是什么？

  在离古城不远西侧的海边上，同事曾告诉过她那里有一座"解放军烈士庙"。童贞听后想，为什么这里为解放军建的不是纪念馆、修的不是纪念碑，而要为解放军修庙呢？这还是她第一次听说。

在这之后,她去了"天下第一奇庙"。

"解放军庙",陈设气势恢宏,斗拱交错,雕梁画栋,香烟缭绕。殿内香火上供奉着 27 尊雕像,但那雕像并不是什么神,而是 27 名解放军战士。守庙人是一位如同她一般大的年轻姑娘,那姑娘向她讲述了这 27 尊塑像,记述的是解放军拯救古城满城生灵于血火的壮举,给后人留下了一个如歌如泣的真实故事。

在"解放军庙",童贞见到了侍奉这座庙的那姑娘的一家人。这家人告诉她:"那是在新中国成立的前夕,我人民解放军某部由海路南下途经了古城。一天盘踞在台湾的几架国民党飞机骚扰大陆飞抵了古城,对古城进行疯狂的轰炸。就在古城的无辜生灵遭到涂炭的危急时刻,解放军的枪口对准了天上的飞机开火了。激战中一架飞机逃离古城飞到了海滩上空,低空飞行时发现有一个小姑娘正在海滩上玩耍,随之那架飞机便冲着海滩上那小姑娘俯冲而下。这时在附近的五名解放军战士发现了危情,他们一齐向那个小姑娘飞奔而去,就在飞机扫射的一刹那,这五名解放军战士几乎同时扑倒在了那小姑娘的身上。"

那守庙的姑娘接上说:"那个小姑娘就是我,那一年我才 13 岁,我得救了,可那五名解放军叔叔全都牺牲了。就是在这次空袭中,解放军共有 27 人为我们古城献出了生命。"

这一事件之后,当地的乡亲们为了让后人永远记住解放军的恩德,他们自发地为牺牲了的解放军战士修建了这座庙宇。乡亲们坚信:"只要红旗的颜色不变,解放军舍己为人的精神就不会变,乡亲们把解放军当作亲人的传统也不会变。我们把解放军英烈当神明奉祀,是要世世代代供奉他们,祈求先烈英魂保佑我们的国家国泰民安。"

洗礼

眼前这一幕让童贞的心灵为之震撼,她从全国这唯一的一座解放军庙看到了朴实百姓心中美好的愿望和梦想;看到了知恩感恩的中华儿女心中的淳朴情怀;看到了小城百姓对土地和生命执著虔诚的心愿;看到了民族英雄戚继光将士精神的延伸。

英雄的精神和惠女知恩感恩的情怀深深地教育了童贞,激励了童贞,她的精神世界不再空虚了。

潮汐是海洋观测站的一个主要的观测项目,为观测潮汐在古城西侧浅海岸边的一片礁石群上建有一个验潮井。每天童贞和她的同事们都要按时来验潮井观测和记录观测数据。

这一年春节过后,一场台风袭击了这里的海域,袭击了古城。

验潮井礁石群内侧的岸边是一个海湾,海湾里边有一个渔码头。台风袭来时,海上掀起的巨浪扑进了海湾,把停在湾里的几十艘渔船搅动得险象环生。

夜幕降临了,就在这时一艘锚泊在海湾口的渔船系锚的缆绳被挣断,那渔船一下子就被风浪吹打出海湾。就在这暴风骤雨的危急时刻,湾里传来"有船被卷走了"的呼喊声。这呼喊声就像一道命令,把湾内渔船上人们的目光全都吸引了过去。有人开始跳上舢板向被卷走的渔船拼命划去,随后一艘接一艘,顿时海湾内外上演了一幕鲜活生命与无情风浪殊死搏击的活剧。

一艘舢板划出了海湾,刚要向被卷走的渔船靠近,一个大浪把舢板打翻,舢板和上面的人全都被扣进了海里。跟上来的舢板见状没有退缩,继续拼命摇橹迎着浪头往前冲,又是一个浪头扑来,一艘舢板又被掀翻扣进海里不见了。后面小舢板又冲上来,就这样几十艘舢板前赴后继与风浪抗争,人们忘记了生死,

只有一个念头:"要把遇险渔船和船上的人救回来!"

台风产生的风暴潮现象,是十分宝贵的潮汐观测资料。这天童贞冒着强风雨准时来到验潮井,开始 18 时正点的潮位观测。现场适时观测进行得很顺利,半个小时后她就走出了验潮井观测室,她冒着狂风暴雨从栈桥上穿过礁石群回到了岸上,岸的内侧就是渔码头。当她刚来到码头上便听到了救人的呼喊声,随后又看到了海湾里一艘艘舢板争先恐后救人的场面。这里是礁石群的外缘,也是码头的前端,人在这里随时都有被海浪打进海里的危险,她想赶快离开这里。就在这时她看到一连有两艘舢板被相继打翻扣进海里,此时正巧眼前的码头边上停有一艘舢板,她没有多想顺着岸边下到海里便爬上了那艘舢板。她要去救人,多年前在鲁海学院上学时学到的海上救生技能这回可以用上了,她索性脱去了雨衣拼命摇橹向海湾口划去。

她的这一举动被码头远处的人发现了,人们跑来呼喊她:"童大学,回来!快回来……"渔民们已认出了她,也认识她了,平时都习惯这样称呼她。

就在人们纷纷跑过来呼喊着想阻拦她时,童贞划着舢板已驶离了岸边二三十米。突然一连几个涌浪扑来,把舢板高高托起又一下子重重地抛了下来,一连几次过后,童贞连人带舢板又被重重地摔回到了岸边的礁石上。

童贞被渔民们救起紧急送到了镇卫生所,经医生检查她的左胳膊骨折了,身体还有多处皮外伤。

第二天天亮时,台风的风力终于减弱了。这时童贞才从医生的口中得知,昨晚先后有五艘舢板被海浪打翻沉进了海里。就在那关键的时刻,人民海军的炮艇赶来了,海军官兵制止了渔民们

洗礼

勇敢赴死的行动冲了上去……

那艘遇险的渔船终于被炮艇救回了海湾，可那五艘舢板上共有 13 名渔民兄弟永远长眠于大海。

眼前真真切切发生的这一幕，再一次深深地印进了童贞的脑子里。瞬间而来的灾难，没有人组织，没有人号召，没有人强迫命令，但这灾难却激起了渔家儿女纯真的大爱，迸发出了令死神都为之颤抖的惊天义举。躺在镇卫生所的病床上，刚刚发生的这些在童贞的脑子里依然如翻江倒海，那 13 名渔民兄弟都是年轻人，听说平均年龄只有 20 岁。童贞终于明白了，正是年轻共和国的一代年轻人，在英雄时代的英雄黄继光、董存瑞、邱少云、刘胡兰等榜样的感召下，"我为人人，人人为我"成为了他们精神的信条，所以才演绎了争先恐后，视死如归，舍生取义，义生大爱的壮举。

两天后，童贞吊着胳膊又一次来到了验潮井，来到了码头。这回让她看到的是心灵为之悲恸的另一幕：乡亲们在码头上，在海滩上为逝者焚纸上香。一个老船工的徒弟在这场壮举中走了，那师傅面朝大海悲痛欲绝，他号啕大哭地喊着："你还是一个孩子啊，你还没有孝敬你的爸爸妈妈啊……"

童贞一边治疗创伤，一边执意要坚持工作。

不能到观测点，她可以在室内做资料处理工作。就在处理台风的记录资料时，她理解了观测员的工作与生命的意义。这时她也想到了礼仁孝，他也会遇到生死的考验吗？当然对于千里岛上发生的一切她不可能知道。

一个月过后，一天她接到家里发来的一封电报："母病重速回。"

混沌

　　站长找到了童贞说:"你自来站上两年多了一直没休探亲假,这次把前两年和今年的假一块补上,批准你探家。另外,还不知你家情况如何,还有你的胳膊还需要治疗一段时间,好不容易回山东老家一次,批准你半年假期,明天就走。"

　　童贞离开海洋观测站,暂时告别古城踏上了回家的旅途。乘汽车,转汽车,再换乘火车,最后再乘汽车,五天后当她回到乂城时,母亲已离她而去了。

　　失去了母亲的悲伤,自己精神的创伤和身体伤痛让童贞心力交瘁。她把这些都深深地埋进了心底,在家静静地陪伴着父亲。她要尽力照顾好父亲,同时一边治疗身体的伤痛,一边休养着精神的创伤。

　　人们说时间可以让人忘掉一切,而对于被多重伤痛困扰的童贞,随着时间的推移,她真的能忘掉这一切吗?这流逝的时间又该是多长呢?

归　宿

　　这一年是1966年，童贞回到了山东，时间是初春。
　　童贞还清楚地记得，两年前毕业离校时，她和礼仁孝相约在鲁海学院图书馆前的那片法桐树林中见了最后一面。那是一片遮天蔽日的法桐林，就是那次见面，临别时礼仁孝指着那枝叶蔽天的法桐树对她说："这法桐树并不名贵，只是许许多多树种的一种。然而，这树却因为枝繁叶茂而被人用来遮阳蔽日，荫护大地而尽其材，终生不悔。可当夏去秋来，它的叶子会准时落下，告知人们秋天来了。梧桐一叶，落而知秋这尽职尽责的天性，是一种品格。"
　　童贞回到义城的家中和父亲在一起，觉得时间过得好像比在海洋观测站快了很多。其间，虽然父亲知道了她对自己个人终身大事的主见与决定，但还是几次追问她为什么要这样做。在回答父亲的劝告时，童贞依然坚持不改初衷，可心里暗自还是想过自己如果继续如此下去的最后归宿。
　　快半年了，父亲一上班童贞便把自己关在家里，一件件整理母亲留下的遗物。就在整理遗物时，她看到了新中国刚成立时照的那张全家福，还找来了当时母亲送给她的那套保存完好的惠女服饰。看到这衣服睹物思人，她又想起了母亲……

一天晚上，父亲下班很晚，童贞见回家的父亲脸色十分不好看，便问道："爸，您怎么啦，身体不舒服吗？"听了她的问话，父亲只是回答："没事"，然后便不再吱声回到自己的房间里去了。

童贞忙着做饭，她一边做饭一边在想："这些天爸爸的情绪尽管一直不是很好，可从未见像今天这样脸色格外难看，她猜想可能爸爸又想念妈妈了。"童贞也时常想念妈妈，她十分清楚地记得，妈妈生前多次告诉过她："你出生的那一年爆发了'卢沟桥事件'，就是在抗日战争的炮火中，你来到了这个世界上……"她还记得，当她把自己出生的事告诉给礼仁孝时，他曾羡慕地对她说："你是革命的后代，我虽然比你早两年来到这个世界上，但那是霸王崮，是一块沉寂的土地。"当礼仁孝说这话时，童贞并未想过她与他在传统观念与思想意识上存有的差距。

吃饭了，见父亲不仅脸色不好，而且情绪也十分低沉。她不敢多问，怕勾起父亲对母亲更深的思念。

童贞和父亲都闷头吃饭，这顿晚饭很快就吃完了，直至最后吃完饭父亲也没有作声，饭后便又回自己的房间里去了。童贞在收拾碗筷来到厨房里时还在想："今天，爸爸到底是怎么了？"就在她刚收拾好厨房，听到父亲喊她："贞贞，收拾完你过来一下。"听到父亲这话，她马上来到了父亲的房间。那时尽管父亲是县长，家里和平常人家并没有什么两样，除了房间和厨房并没有客厅。

见她进来，父亲轻声地说："你坐下吧。"童贞顺从地坐下了，可父亲并没有马上说话。过了一会儿，她才听父亲问道："你这些天看没看报纸？"她回答说："没看。"父亲又问："也没

归宿

听收音机广播？"她又回答说："没听。"听了她的回答父亲沉默了，像在想什么心事。过了好一会儿父亲才又说："你的假期快到了，该回去上班了。"说着父亲停下了，眼睛却一直在看着她。又过了一会儿父亲才又接着说："'文化大革命'形势发展得很快，我无法预测这场运动会如何发展下去。所以我不得不告诉你，今天早上一上班我签发了最后一个文件，是关于处理霸王崮'破四旧'群众性冲突事件的意见。之后，我就被造反派宣布为走资本主义道路的当权派被打倒了，拉去批斗了一天。"

听了父亲的话，童贞很是吃惊，她一时间不知道该对父亲说什么。见童贞有些紧张，父亲又说："你回观测站去吧，那里会比在家里安全，我担心你在家会有危险。你知道因为我战争年代受伤的原因，我和你妈就你这么一个孩子，如果有什么意外，我无法向你妈妈交代。但你在走之前，要去霸王崮一趟，你那个同学礼仁孝的父亲在冲突事件中遇难了，你代我去送老人家一程。"说完这些，父亲把那颗珍藏并时常把玩的子弹交给了她。童贞知道，那颗子弹是爸爸珍藏的心爱之物。其实那不是一颗真子弹，那弹壳是爸爸从抗日战争的战场上捡来并保存下来的，那弹头是从爸爸身上取出来的，而那弹壳里装填的是爸爸家乡井冈山的红土。父亲以前曾多次嘱咐过她："这子弹是我们民族遭受苦难的历史见证，也是我们党发展壮大的见证。你一定要把它保存好，如果放在我这被造反派发现，还不知道要给我捏造出什么罪状来。"

那一夜，童贞不知道自己是如何过来的。天一亮，她遵照父亲的吩咐乘早班客车赶去了霸王崮。

童贞赶到礼仁孝家，正是礼仁孝父亲遇难的第三天。她找到了正在守孝的曹糠，这是童贞第一次见到她。曹糠告诉童贞："前两天，一伙学生跑来霸王崮，他们说破四旧，要砸李氏宗祠，族人为保护宗祠与这伙学生打起来了。打斗中父亲被几个学生不慎推下了悬崖……"曹糠还告诉她："礼仁孝还在千里岛上，他还不知道，就是知道了也无法下岛赶回家奔丧。"童贞要为礼仁孝的父亲上一炷香，曹糠不敢应允，带她去见族家长者。她对长者说明自己是代表父亲前来祭奠，长者说："童县长能托付于你来祭奠，是我李家之荣幸。"

进过香后，童贞想起了父亲的嘱托，她对那族家长者说："前辈，我爸爸让我转告您两句话，父亲说：'一个人的报复是罪恶，一个民族的报复是辉煌'。"

听了这话，那长者的表情一时间变得异常沉重，之后若有所思地沉思了好一会儿后才对童贞说："请代我李家族亲，谢童县长大义之言。"

中午12时，礼仁孝的父亲出殡了。

童贞告别曹糠时，见到了礼仁孝的已经一岁多了的儿子一民。对于这一切，远在千里岛上的礼仁孝一点也不知道。见礼仁孝妻儿在崮上过着十分清贫的生活，童贞一再嘱咐曹糠决不能因为生活窘迫而亏待了孩子。临离开时，她给曹糠留下了一些钱，她早有准备，至于这钱是多少，只有曹糠知道，后来才告诉给了礼仁孝，那是童贞近乎两年的工资，这也让礼仁孝为此一生都感到不安。

这以后不长时间，童贞就回了古城海洋站，此后童贞断绝了与礼仁孝的一切联系。礼仁孝在千里岛待了整整25年。20世纪末，他被评为全国优秀边陲儿女，之后他走上了仕途，被调回了

归宿

雾城的局机关升任了处长，直至后来当上了局长。

那次童贞回古城海洋观测站前，离家时她答应父亲，一定会经常回来看望他老人家。

30多年过去了，童贞退休后终于回家了，但没想到晚年的她却突然病倒了。

童贞还能重新站起来吗？她还能见到礼仁孝吗？

30多年了，童贞心里只有礼仁孝一个人，退休回到义城后，她一直想见到他，并为此做好了准备。临毕业时礼孝仁送她的那个日记本已写满了日记，她要还给他。在礼仁孝送给她的这本日记本上，最后一篇日记童贞这样写道：

我俩不能走到一起是天意，是我永远的遗憾。多少年了，我有很多心里话要对你说，古人说：知天命，行人事。这对于我要改两个字，听天命，尽人事，所以我才痴情，我才几十年不想让你失望。可你知道吗？我的人生中想让你陪我去逛一回菜市场都成了永远也无法实现的奢望；想相互说几句心里话，同样也成为了永远也无法实现的奢望，这能不让人痛苦吗？

因为我的痴情，自认为已是你的女人，为此而独守终身。否则，我会让自己背上负罪感。

一个女人为一个男人独守终身是痛苦的，这种痛苦，如果不是亲身经历是难以体会如此之深刻，对此我没有抱怨。

记得，我曾看过一篇文章，是这样记述了丹顶鹤的择偶观：鹤择偶一雄一雌，一旦选择终生不渝。当遇有意外，无论哪一只先逝去，而另一只一定会伴守多日后才会离开。离开的鹤不会另寻新欢，而是去寻求另一种方式结束自己的生命，或是一生独自终老。

今天我想问：对于丹顶鹤这一天生的品德，是应该赞扬恪守，还是改弦易张？

……

这本写得满满的日记已终止了十多年。也许是无处可写了，童贞最后在扉页上写下了这样的一段话：

人生就是一张纸，我的出生证明是一张纸，那是父母代我签名。之后，小学、中学、高中的毕业证书同样是一张纸，那是属于我的，大学录取通知书是一张纸，是我自己签名。之后，毕业证书、分配通知书等同样也是一张纸，那仍然是属于我的。我的人生终结也将是一张纸，但那已不属于我了。那是人生的最后一张纸，是一定要签名的，可我人生最后的那张纸最终将由谁来签名呢？那不应该是我的父亲，礼仁孝，会是你吗？

今 天

时光流逝,50 年过去了。

那天早上,礼仁孝接过电话后便立即赶到了医院。

50 年了,他终于见到了童贞,这时才知道她一直独身至今,直到退休才回到义城陪伴已年迈了的父亲。她与父亲相依为命了十几年,几天前,她突发脑出血被从义城县医院转来雾城治疗。礼仁孝从童贞断断续续的讲述中,终于听明白了她生命最后一刻的一个心愿,她对礼仁孝有一个请求,她要礼仁孝对她人生情的折磨,义的操守给出一个回答。

礼仁孝在医院照顾生命垂危的童贞的几天里,作为一个理性的老人,一个老知识分子,他一直处在传统与现代,理智与情感的矛盾之中。童贞生命最后的日子,她唯一的心愿只有一个,这也是她一生所一直坚守的愿望祈愿能够得到满足。童贞断断续续地对他说:"礼仁孝,我能以你妻子的名义离开这个世界吗?……离开这个世界吗?……离开……"童贞这话无异于一把尖刀扎进他人生的最痛处,让他生出了一种罪恶感。尽管童贞的话语十分微弱,但就如山谷间的回声,一直缠绕在礼仁孝的耳边。之后一连几天,他在经历着最为痛苦的精神折磨,一会儿理智战胜了情感,一会儿情感又战胜了理智,他想好了,又自我否定了；否定了，接着又想好了……

正是在这否定之否定中，他不得不再一次认真地梳理和思考着自己的人生，他终于明白了，他今天的人生已不应该仅仅属于自己。

多少年了，在现实生活中，每每提及伦理人们往往会把"伦理"与"道德"联系在一起，这时自然而然地想到的是人类之间"姻亲""童叟""尊卑"的关系。其实不然，伦理存在于世间的任何事物之中。首先人类与自然同样存在着一种十分重要的伦理关系，这就是自然伦理关系。自然伦理关系其实是自然法则，也是有关人类关系的自然法则。这一法则是指一系列指导人的行为的思考，是从概念上人类对道德现象的思考，它不仅包含着人与人，人与社会和人与自然之间的关系行为规范，而且深刻地蕴含着依照一定原则来规范人类行为的深刻道理。这便是：世道可变，天道不变，人伦之道永远是人间正道。

正是在这一自然伦理法则的原理下，在人类文明的发展进程中诞生了《牛顿定律》《物种起源》《天演论》等指导人类社会前行的经典科学学说，这些科学学说直接作用于人类文明的发展进程，也正是在这些学说的引导和影响下，礼仁孝的思想成长经历了三个认识过程。

他还是在上初中时，第一次知道了对于人类与动物根本区别的学说，这就是人类与动物的根本区别是古猿人学会了制造工具，实现了劳动创造生活。直立行走后学会了用火，完成了由生食到熟食的过渡而成为了人类，这是最初接受的概念。在他读大学时，这一学说受到了颠覆，公认的学说认为：人类与动物的根本区别是有了语言交流，进而产生了思想，这接受的是第二个概念。以上两种学说对人类文明的进程影响巨大，深入人心。当人类文明进程进入了 20 世纪末期，礼仁孝赋闲读书时又接受了另一种学说，再次颠覆了前两种学说，认为：人类与动物的根本区别在于人有信仰，而任何动物都不会有。这一学说充分体现了自然伦理法则对人类行为规范的指导意义，并重新确定了人类自身生存的价值。

信仰，人类精神世界的最高境界。然而，信仰这一学说诞生之后，今日受到了世界进入人类文明进程中最为浮躁的考验，因而一直遭到从未有过的漠视。也正是在这浮躁的社会中，正是有了自己刻骨铭心的经历，古稀之年的礼仁孝看到了发生在黄土地上这样的一个个现实：戏说把历史搞乱了，恶搞把人伦搞乱了；反季把四季搞乱了；淫欲把尊卑搞乱了；金钱把人脑搞乱了；占有把规矩搞乱了；贪婪把信仰搞乱了；无度把地球搞乱了。

面对浮躁现实的思考过后，礼仁孝一次次问自己：我该怎么办，难道童贞生命最后一刻的心愿我都不能满足她吗？

终于，他决定了："俺的娘，豁上了！"那天晚上，他拉曹糠坐了下来，然后鼓足了勇气把与童贞过去的一切和童贞最后的心愿如实地告诉了曹糠。

听完礼仁孝的话，让他没想有到的是，曹糠突然厉声对他说："礼仁孝，她一辈子都在想着你，等着你，最后只想要一个名义离开人世，就这你都不敢答应她吗？你能对得起她吗？你还是个男人吗？你欠她的不仅是名义而应该是名分！"

那一夜，礼仁孝失眠了。曹糠呢？礼仁孝知道，曹糠说完那些话，生气地去了大儿子家。

他们的大儿子名叫一民，小儿子名叫二众。在大儿子家，曹糠又叫来了小儿子,她把自己的想法告诉给了两个儿子。妈妈的想法是儿子怎么也没有想到的,事情来得突然,两个儿子一时都陷入了激烈的思想斗争之中。对此,曹糠同两个儿子开始了从未有过的一次长谈,主题是关于这个家,这家人的昨天、今天和明天。

大儿子一民是一名远洋船员,小儿子是鲁海大学的海洋生物教师。母亲与儿子的长谈持续到了深夜,听了母亲的话和内心的想法后,一民理解了母亲那颗宽容与感恩的仁爱之心。见弟弟二众还在犹豫之中,他对弟弟说:"我当船员已20多年了,去过世界上许多的国家和地区,亲眼看到过什么是贫穷与富有,什么是落后与发达,更看到了什么是传统与现代。我的结论只有一个,那就是只有民族的,才是世界的。无论在哪里,我都为自己是一个中国人而自豪……"

夜很深了,母亲睡去了。一民留住弟弟讲了一些弟弟在今日的大学里几乎是很难听到的一番道理。

哥哥对弟弟说:"人类社会在难以预知中进步着,那么文明的真谛还存在吗?又会如何改变呢?"

听了哥哥的疑问,弟弟二众回答:"我们这一代人很少去想这样的问题。"

哥哥接上说:"你是生物学教师,应该知道这种理论。我们无法否认,从地球生物物种的角度来说,人类无论如何进步都不能忘记这样一个事实,就是人类自身依然是动物物种中的一种。之所以称之为人类,是因为与其他动物物种相比,人类有了属于自己的伦理自觉、文化自觉和道德自觉,进而拥有了文明。"

"不是吗?伦理作为天定的法则,规范了人类的行为而有别于动物物种；文化自觉是因为人类有了语言、文字和思想，而后形成了认知事物的世界观；道德是人的精神世界的核心观，道德自觉约束着人的思想的潜意识，限定了人类行为的底线。三种自觉伴随着人类文明发展的步伐前行，并将始终不会改变。试问，如果改变了，那人类还是人吗？"

弟弟二众终于明白了，人是最具有情感的感情动物，这种情感正是源于哥哥说的这些自觉。如果人缺失了伦理、文化和道德自觉，何谈一个民族的文明与进步？同哥哥的一番谈话，二众也得出了一个结论，那就是：改变的是时代，不变的是传承与永恒。

哥俩的一番谈话过后，他们同时会心地笑了。

天亮前，礼仁孝睡着了。当他醒来时，看到曹糠已穿得整整齐齐地坐在床前正凝神地看着他，如同结婚时新婚之夜过后的那个早晨。见他醒了，曹糠如往常一样平静地对他说："快起来吧。"

他顺从地起了床，洗漱完吃好早饭，曹糠拉上他去了民政局。

当天晚上，曹糠特意做了一桌丰盛的晚餐，她还叫来了俩儿子。就在吃饭前，曹糠说话了，她严肃地告诉俩儿子说："我和你爸离婚了……"

俩儿子听了这话，一时间都无语。最后还是曹糠说话了，她说："我和你爸都老了，你童贞阿姨也老了，再过几十年你们也会老。我想说人老了终归要有人照顾。今天这个样子，像你童阿姨这样的人，又该由谁来照顾呢？"

第二天早上，俩儿子又来了，等爸爸妈妈吃过了早饭，只听大儿子一民对弟弟二众说:"你要好好照顾妈妈,我和爸去医院,陪爸爸一起去照顾童阿姨。"听一民这样说,礼仁孝的眼睛瞬间湿润了。这时二众上前拉上妈妈的胳膊对爸爸、妈妈说:"爸、妈,你们永远是我和哥的好爸爸、好妈妈。我和哥哥商量好了,哥哥陪爸爸去照顾童阿姨,我留下来陪妈妈,童阿姨虽然不是我和哥哥的妈妈,但她身上同样充溢着了一个伟大女性忠烈、守贞和仁爱的光辉,我和哥哥愿意叫她一声童妈妈。"

一民扶上礼仁孝走了,爷俩儿一同去了那所医院,去抚慰那一代人中的一个平凡和朴实女人已苍老的心。

今日之时代,还要不要传承传统,又该传承什么样的传统?

礼仁孝为两个儿子能读懂传统,读懂上一辈人的情感感到万分高兴。

"俺的娘,豁上了,这回爹豁上的值得!"礼仁孝对大儿子一民说。

礼仁孝终生遗憾,童贞遗憾终生。几天后,礼仁孝只能送童贞永远地离开了这个世界。

一个春光明媚的上午,一艘游船驶出了港湾,之后游船缓缓驶到了海面上,一阵东南风过后,一片团雾袭来弥漫海面,一时间这船陷入了一片混沌中。这团雾来得快,散得也快,半个小时后,团雾散去时,只见礼仁孝的大儿子一民手里恭敬地捧着"童贞妈妈"的骨灰盒站立在甲板上。

当哀乐响起时,礼仁孝、曹糠、一民和二众一起把童贞的骨灰撒进了大海。

骨灰撒海仪式结束了,这时一民看到海面的远方一片团雾又弥漫而来。此时、此地、此景、此情,一民不由得想起了童贞妈

妈临终前对他说的话：一代人承载了一代人的使命，一代人的使命创造了一代人的人生，一代人的人生演绎了一代人的传奇，一代人的传奇延续着一代人的故事。

这就是天道，这就是人伦，这就是传统！

尾 声

童贞走了，原来的那个家也不能回去了，礼仁孝只好住到了大儿子一民的家里。

在一个离海边不太远的叫"长青苑"的住宅小区里，有人发现在小区栽下不久的一棵法桐树下，不知道是从哪一天开始的，每天都会有一个老人拿着一个马扎子长时间地坐在树下，在寒风中孤零零的、呆呆的、傻傻的。

礼仁孝，他离开了曹糠，童贞永远地走了，儿子、媳妇都上班了，孙子上学去了。他孑然一人，每天早晨过后都会准时来到这儿静静地坐着。人老了，眼前的事总是记不住，而过去的事却总是忘不掉，他禁不住回忆起了自己与童贞、曹糠已经过去了的一切。这一切都逝去了，想来童贞的高贵和曹糠的卑微共同演绎了他的人生，对于他同样都是那么的珍贵。时至今日，这些都不属于他了，他想到这该是自己人生的原点还是终点？如果说是原点，这意味着另一代人将进入时间长河的历史；如果说是终点，这意味着又一代人同样将到另一个世界去寻找自己的祖宗。

童贞走了只有三个多月的时间，礼仁孝明显地老了许多许多。这些天，每到晚上只要他一闭上眼睛，李氏图腾神兽跬踂就会出现在他的眼前。那跬踂活了起来，那神兽对他时而温情，

尾声

时而冲他暴怒，这温情也许是无奈，这暴怒也许是不平，但无论温情还是暴怒，神兽眼中始终都含着两汪泪水，可那泪水却始终都未能流淌下来。每当这时，他就会想到这样的情景，那天他和大儿子一民到了医院后，他对童贞说："我和曹糠离婚了，明天我和你就可以结婚……"听到这话，童贞只是十分吃力说了一句："罪过。"说这话时，她泪如泉涌，之后再也说不出话来了。

两天后，童贞永远地走了，她是以礼仁孝许诺的妻子的名义走的，但不是名分。

这名义实际上并不需要法律的认可，因为在这个名义面前，法律已显得十分苍白无力，而只有道义才能见证人间真情。

每想到这些，礼仁孝总会自言自语地重复着这样的话："我老了，可我年轻过；我老了，可我年轻过……"

转眼间春节就要到了，一连几天人们再也没有看到那个老人来到那棵法桐树下。年三十的那天早晨过后，有人突然发现他穿戴整齐，独自一人蹒跚地走过了一幢幢高楼，走出了小区的大门，又穿过了一条条车流不息的马路，最后向大海的方向走去了……

大海，地球上生命起源的地方！

后　记

甲午马年，这样的年份对于中华民族来说注定是一个十分敏感的年份。

当这一年份到来时，人们都在希冀马上如何如何？然而，也有人这样调侃：用现代人的眼光来解读，从中国汉字的结构来说，马和驴只差户籍之别。由此看来自古传承的"天马行空"的成语和"骑驴看唱本走着瞧"的俗语，无疑是我们先人智慧的先知先觉。

我的一位朋友是北京某出版社的副总编，几年未见，春节过后当他听另一位朋友告诉他，说我出版了一部长篇小说《红海滩》时，他吃惊地问道："他怎么可能写起小说来了？"

这位朋友把那位副总编朋友的疑问转告我时，我说："请你转告他，我写的不是小说，是在记录一代人的人生经历和感悟。因为每一代人的经历都是不可重复的，而感悟更是不可替代的。"

我是一名记者，一个文者，不是"坐"家，其实也从未奢望过当作家，最后还是成了作家。也许是由于 10 年的秘书工作和 20 多年的记者生涯，一直自认为最多只能算是一个文者。也许是由于有了一点文者的杞人忧天的忧患意识，当看到民族优秀的传统文化，甚至经典之作遭之戏弄而在孔方的沼泽中挣扎时，不免

后记

心阵阵作痛。这痛,是文者写作灵感萌动的预兆。

这萌动的预兆终于被撞击了,春节央视关于家风的民众调查引起了人们强烈的反响和共鸣,它比常回家看看更深入人心,更让人反思和深省。也正是在朋友们同样的反思和深省中,听来了一个关于上一代人情感的故事。也许是因为老夫老妻共同拥有了刻骨铭心的心路历程,夕阳之年共同回味一代人也曾拥有过的初恋和生命最后的生离死别,这一近乎传奇的一代人的故事深深地打动了我。但让我感到不解的是,对于亲历者他们对已过去了的那个时代并没有去抱怨,反而却视为弥足珍贵。可奇怪的是后人却对已过去的时代多有责怪,这是为什么?

世道可以改变,天道不能改变,人伦之道永远是人间正道。正是这理、这情,个人的经历和受到这一怪现象打击后的思考,触动了我写作的灵感。

2014年春节之后的40天,一气呵成写就《混沌》一文初稿,但不知是否能应验那句话:写故事的人已断魂,看故事的人最无情。

浮躁的全球化浪潮,激荡着跨世纪人类文明的冲突,渴望尘埃落定的人们都在为生存之道和幸福之路探索着个人、家庭、民族和人类命运的玄机。

这玄机是什么?当然每一个人的答案都会不尽相同,而相同的只是在可望而不可即的欲火中烧时,精神困惑的幽灵往往会徘徊在茫然的混沌之中。

也许这是文明进步中的一个十字路口,否定之否定,是事物发展的必然规律,社会发展也同样如此。今日,一个不无偶然听来的关于老一辈人的故事,让我有幸感悟:一代人的一个看似传奇的故事，其实正是已过去了的那个时代的一个缩影。而正是这一个个缩影的叠加和凝集，才沉淀了我们民族的传统，铸就了民族精神的殿堂，这殿堂不是一代人建成的。

妻子六十有余时患绝症，如今已四年多，春节保姆回家了，我自然担负起了丈夫和保姆的双重责任。除夕的那个晚上，已失去了语言功能和自理能力的妻子僵直地躺在床上，她用那呆滞的目光默默地注视着我，而我不知道此时她在想什么，或是想说什么，而我又能告诉她什么，又该告诉她什么？她是一位老革命的职业军人的女儿，我是一个老县委书记的儿子，我和她都是有着近40年党龄的共产党员，我们共同遗传了父辈的人生观和价值观的革命基因和传统底色。在这除夕之夜的万家灯火时，我和她默默无语，忽然间心力交瘁的我想对她说：今夜，虽然2014不是1894，但在今日之"精英"们口若悬河，高谈阔论改变世界时，有谁能时常想起那沉入黄海海底的北洋水师忠烈的枯骨？能用心去倾听120年来那忠烈英魂和着黄海的海浪一直在呐喊："我要回家！"在今日之"土豪"们灯红酒绿，推杯换盏时，有谁还会去吟诵杜甫那"朱门酒肉臭，路有冻死骨"的千古绝唱？在今日之"大师""大腕"们为轻浮的搞笑和戏说而津津乐道时，有谁愿意去倾听古墓里先人的灵魂依然在演奏的那清脆的编钟乐曲？面对华夏文明的神圣殿堂，面对昨天和今天，面对传统和现代，有谁能用健全的大脑去忧思明天：我们在外头，祖宗在里头？！

今日之混沌，精神的混沌，信仰的混沌？！

这里的《混沌》，是关于心灵疼痛的故事。痛定思痛，思痛知耻，知耻后勇。

后记

  作为作者,没有哪一部作品会自认为完美,或许,真正的完美就是在连绵无尽的缺憾之中。

  作者无意想要表现什么。文学创作若为取悦于他人本已下乘,岂为乎名利?创作《混沌》只是将自己的思想认识和人生感悟用自己的表达方式在先人发明的白纸上用方块字堆砌倾诉而已。

  创作本是在走一条不断颠覆和重塑自己的路,昨日之是,已成今日之非,即今日之是必将是明日之非。

  老子曰:"人法地,地法天,天法道,道法自然。"

  混沌当需古镜今鉴,断疑启信。

  传统文化,超越时空,亘古弥新。

  祈福古圣先贤,开启灵光。

作者
于甲午年正月初一日之黎明